日本の「運命」について語ろう

浅田次郎

幻冬舎

日本の「運命」について語ろう

目次

第一章　なぜ歴史を学ぶのか

昭和初期に幕末・維新ブームがあった

私はいろいろな小説を書いていますが、あれもこれもと好き勝手に書いているわけではありません。日本の幕末、幕末以降の近代、そして中国の近代。この三つが歴史小説を書くにあたっての守備範囲です。

書き方を変えているので、さまざまなテーマやジャンルで書いているように見えるかもしれませんが、実際はそうではないんですね。

私は歴史そのものが好きです。「好きだから」という理由だけでなく、歴史を学ぶことがとても大切だと思っています。

いまや明治維新から百四十年以上経《た》ちました。二〇一八年で百五十年です。その間、昭和三年（一九二八年）に、明治維新を振り返ろうという運動がありました。つまり戊《ぼ》辰《しん》戦争によって明治新政府が成立した「戊辰」の年から数えて、昭和三年は六十年、還暦でした。同じ「戊辰」の辰年《たつどし》ですね。

このときに、明治維新とは果たして何であったのか。それからの六十年間の自分たちの努力や社会の変化は、いったいどういう意味だったのか、みんなで考え直そうという運動が盛り上がったんです。

たくさんの研究がなされ、書物が刊行されました。長いようで短い六十年という時間ですから、幕末の様子を実際に見聞した方が、まだまだたくさんいらしたわけです。その人たちの証言をまとめたり、できごとを論じたり、さまざまな形で書物が出版されました。これが後世に大変な役に立っています。

私も日本の近世を舞台にした小説を書くために、いろいろな資料をひもといているのですが、昭和三〜五年あたりの維新ブーム、幕末ブームのときに出版された資料はとてもありがたいですね。

子《し》母《も》澤寛《ざわかん》さんの小説『新選組始末記』も初版発行は昭和三年です。半分ドキュメンタリーのこの作品によって、新選組は、世に言う人斬り集団、冷徹な悪者というだけではなく、人間的な側面もあったのだと広く知られるようになったわけです。

こうした資料のおかげで、私の新選組三部作『壬生《みぶ》義士伝』『輪違屋糸里《わちがいやいとさと》』『一刀斎夢録《いっとうさいむろく》』も書き上げることができました。小説ですから、人間模様や登場人物の造形にスポットを当てていますけれども、彼らの置かれたポジションや時代背景は忠実に史実をたどっています。とても面白い小説ですから、ぜひ手に取ってお読みください。幕末の日本人が考えていたことの一端に触れられると思います。

ちょっと宣伝になってしまいましたが、ともあれ昭和三年の日本では、過去六十年を振り返るという国民的な運動がありました。

近代日本の勢いと未熟さと

では、明治維新とは何だったか。この原動力は一点に尽きます。欧米列強の植民地になってはならない――これだけです。産業革命以来、まずヨーロッパが、そして遅れてアメリカが強大な力を蓄えて、植民地獲得に奔走しました。産業革命の結果、資本主義が成立するのですが、当時の資本主義とは植民地経営なしでは成り立たないと信じられていました。植民地を獲得することは資本主義国家の必須条件だったんです。

日本が植民地にされてはならぬ、だから外国人を打ち払えという攘夷《じょうい》運動と、まったく同じ意図による開国運動が交じったところで起こったのが明治維新でした。

それまでの日本は、先進の軍事力をもたずに鎖国を通そうとする無防備国家でした。無防備ですんだのは、産業革命からしばらくは、先進国といえども産業レベルでの遠洋航海ができないでいたからにすぎません。

海軍に遠洋航海の能力が備わり、二十世紀の初めまでにアフリカのほとんどがヨーロッパ諸国の植民地となると、先進国は力を蓄えて〝列強〟となり、その牙を一気にアジアに向けます。インドの全部がイギリスの植民地となって、最大の目標になったのが清《しん》（中国）でした。列強の多くが清に狙いを定めます。

それがのっぴきならないところまで逼迫《ひっぱく》したのが、一八四〇年のアヘン戦争でした。清から茶や絹、陶磁器を大量に輸入して大幅な輸入超過になったイギリスは、植民地のインドで栽培したアヘンを清に密輸出する三角貿易で国富の流出を防いだわけです。アヘンを取り締まろうとした清との間で戦争になりましたが、近代的なイギリス軍の前に、清はあっけなく敗れてしまいました。

大人が子供を殴り倒すような戦いの後、清はまったく一方的に香港島《ホンコン》の領有を宣言され

郵 便 は が き

お手数ですが、
切手を
おはりください。

151-0051

東京都渋谷区千駄ヶ谷4-9-7

(株) 幻冬舎

「日本の『運命』について語ろう」係行

ご住所 〒□□□-□□□□ Tel. (- -) Fax. (- -)			
お名前	ご職業		男
	生年月日 年 月 日		女
eメールアドレス：			
購読している新聞	購読している雑誌	お好きな作家	

◎本書をお買い上げいただき、誠にありがとうございました。
質問にお答えいただけたら幸いです。

◆「日本の『運命』について語ろう」をお求めになった動機は？
① 書店で見て ② 新聞で見て ③ 雑誌で見て
④ 案内書を見て ⑤ 知人にすすめられて
⑥ プレゼントされて ⑦ その他（ ）

◆本書のご感想をお書きください。

ご記入いただきました個人情報については、許可なく他の目的で使用することはありません。

ご協力ありがとうございました。

てしまい、抗議もむなしく一八四二年八月、南京《ナンキン》条約の締結によって香港の領有を確定されてしまいます。

これを端緒として、清は列強からつぎつぎに不平等条約を飲まされ、国土は蚕食《さんしょく》され、主権の生命線たる徴税権まで外国に押さえられていくわけです。

その様子を目の当たりにしていた日本で、「同じ目にあったら小さな日本などひとたまりもないぞ。いち早く鎖国を解いて統一国家を作り、欧米列強に追いつかなくてはならない」と意思統一がされていくのが幕末の動乱期です。

最初は外国船を打ち払おうとしましたが、薩英《さつえい》戦争や馬関《ばかん》戦争を経て、これはとてもかなわないと認識するのです。過去の日本をかなぐり捨てて、ヨーロッパと肩を並べるようになろうと考えた。

そして現実に、わずか五十年でそれを実現してしまいます。明治時代のパワーにはまったく驚嘆するしかありません。

陸軍に柴五郎《しばごろう》という将校がいました。会津《あいづ》藩士の家に生まれた彼は、戊辰戦争のひとつ、会津戦争で祖母・母・兄嫁・姉妹が自刃するという悲劇に見舞われます。維新に際して「賊軍側」であった彼ですが、新政府の作った陸軍幼年学校に入り刻苦勉励して将校にな

馬関戦争で前田砲台を占領したイギリス軍

りました。

清国の駐在武官だったとき、過激な攘夷運動である義和団《ぎわだん》の乱が発生します。各国の大使館が暴徒に襲われる中で居留民保護に活躍、他国と協力しながら二か月もの籠城《ろうじょう》戦を戦い抜きました。

このときに各国要人、軍人に功を称《たた》えられたことがひとつのきっかけになって、後年、彼は日英同盟締結に重要な役割を果たすのです。

読者のみなさんもご存じのように、この日英同盟のおかげで、日本は日露戦争に勝利し、第一次世界大戦後には世界の五大国のひとつに数えられるまでになりました。

近代日本として、国際社会に堂々たる地位を占めることに成功したのですが、同時に国家としての未熟さを露呈してしまいます。

植民地に取られる側から、取る側に回ってしまうのです。明治二十七年（一八九四年）七月～翌年三月の日清戦争に勝ち、戦時賠償として台湾を日本の領土としました。

もっとも台湾の植民地経営は大成功するんです。

台湾総督府の民政長官になった後藤新平《ごとうしんぺい》は、同郷の岩手県人・新渡戸稲造《にとべいなぞう》とタッグを組んで台湾のインフラを整え衛生環境を改善し、サトウキビの栽培によって台湾の経済を近代化させることに成功しました。これは奇跡的な植民地経営です。

この調子でうまくいくと思ったのでしょう。戦時賠償の銀二億両《テール》（約三億一千万円）は、日清戦争までの日本の国家予算の二倍以上、戦費を差し引いてなおも残り、財政はよくなり公共投資は拡大、経済活動が活発化します。「戦争に勝てば大儲《おおもう》け」という感覚も育ててしまったのだと思います。

朝鮮を併合したり、満洲まで植民地化しようとしますが、さすがにちょっと分不相応でした。当時の国際秩序からどんどん外れて、あとはご存じの通りの歴史になります。昭和三年というのは、その兆しの出てきた時期です。

自分の幸不幸の理由、成り立ちを確認するために

しかしその後、私たちは日本の近・現代を振り返ってきたでしょうか。

たとえば、第二次世界大戦の敗戦から六十年以上が経ちますが、きちんと振り返って「あの戦争はどういうことだったのか」と見直されていない気がします。

もちろん研究されている方はたくさんいらっしゃいます。でも、学校であまり教わった記憶がありません。私がサボっていただけではなさそうです。

小中学校にしろ、高校にしろ、明治末以降の歴史は学校の現場であまり教えていなかっ

た。

今はどうか知りませんが、少なくとも私の世代は「教科書の残りを読んでおけ」という教育をされていた気がします。石器時代、縄文時代とたどってくると、明治に入るのは三学期の慌ただしいころで、尻切れトンボになっていたのだと思います。

しかしそれではいけません。「歴史とは何のために学ぶのか」といえば、「自分が今、こうしてある座標を学ぶ」ためでしょう。

今、自分が幸せであるのなら、それは誰が自分にもたらしてくれたのだろうと振り返って確認することが必要です。その幸福は自分一人で作ったものではありません。自分の祖先たちが、何らかの形で自分にもたらしてくれた幸福です。

また逆に自分が不幸であれば、この不幸は自分が至らなかっただけではないでしょう。誰の責任なのか、どこに問題があったのかと振り返ることも実は重要です。

植民地で生まれ育てば、宗主国からの抑圧や差別に対して個人が解決できる問題は、ごく限られるでしょう。逆の場合もあります。宗主国に生まれたがゆえに、チャンスの下駄《げた》を履かせてもらっているのかもしれない。

誰しも幸不幸はあります。ただしその幸不幸は、個人の責任にばかり帰結するわけではありません。社会の責任である場合も往々にしてあります。社会によって、人生は大きく変わるのです。

昭和二十六年（一九五一年）に生まれた私の世代などは、高度経済成長とともに自分自身も成長してきた大変お気楽な世代でした。少し前に生まれた、いわゆる団塊の世代と言われる、昭和二十二年〜二十四年生まれの方は、まだ都市部で食糧事情がかなり悪く、ひもじい思いをしたという世代だったと思います。社会も不安定で、治安も悪くて犯罪も多かった。

それが私ども昭和二十六年生まれになると、食糧事情も安定してお米もちゃんと食べられるようになり、しかも後の世代のように、勉強しろ勉強しろともあまり言われなかった。むしろ「本ばかり読んでないで、外で遊んでこい！」と言われて、毎日のようにランドセルを放り投げて広場に駆け出していましたから。

ものごころついてから、経済の成長とともに自分の背も伸びていって今日に至る、というわけですから、おそらく日本の歴史上、もっともラッキーな時期に生まれたのではないかと思います。個人的にはそれぞれ苦労もあったでしょう。しかし、社会的苦悩からはいちばん免れていた世代なのではないかと思います。

二〇二〇年、東京オリンピックの開催が決まりましたが、前回、昭和三十九年（一九六四年）の東京オリンピックが開催されたとき、私は十二歳、中学一年生でした。ダンプカーが砂埃《すなぼこり》を上げて走り回り、東京の街はみるみる変わりました。ビルが建ち並び、千駄ケ谷《せんだがや》の国立競技場（次回オリンピックに備え建て直されることになりましたが）や、優美な吊《つ》り屋根が印象的な国立代々木《よよぎ》競技場など、現代につながる東京の風景が作られたのです。

考えてみればこれはすごいことです。一面を焼き尽くされたあの時代から、わずか十九年しか経っていなかったのですから。

肝心なのに学んでいないのが近現代史

先ほど、われわれの世代が「お気楽」だったと述べました。ひもじい思いをしなくてすんだし、塾通いもなかった。高度経済成長で生活がどんどん豊かになっていったからですが、「お気楽」にしていられた理由がもうひとつあります。

「歴史をちゃんと教わっていなかった」からです。これはいけないことでしたね。あの戦争は、私がこの世に生を享けるわずか六年前の現実でありながら、遥《はる》かな歴史も同然でした。言い換えれば日本はそれくらい急速に復興したのです。

そしてあの戦争を、歴史の罪禍としてのみ捉えることになりました。

自分たちの父親が軍人、兵隊だった世代ですから、もちろん戦争があったことはわかっています。しかしながら、いったいどういう経緯で戦争になって、戦地で何があって、戦争の結果どうなったかを、実はほとんど学校で教わっていない。教科書にもわずかしか載っていません。

中学でも高校でも、ほぼ明治時代の条約改正のあたりまで。その先はほとんど教えていないと思います。

理由は二つあります。ひとつは説明しにくい歴史であるということ。もうひとつは大学入試での出題頻度が非常に低いということですね。そんな理由で、日本の近代史は途中で終わってしまう。しかしこれはとんでもないエラーでした。

もっとよくないのは、今、高校で日本史は選択科目です。これはどういうことでしょうか。自分が生まれて育った国の歴史を勉強しなくていい、知らなくていいなど、世界中どの国を見渡しても、ただの一国もないはずです。

自国の歴史を教えないのは恐ろしいことです。

今、自分が生活しているこの社会の座標がわからないという意味ですから。先にも述べたように、どの世代にも誰にでも幸不幸はあります。ただ、その幸福も不幸も、すべて自分一人で作り出したものではありません。全部が自分の業績でもないし責任でもない。幸福を享受する人間は、その幸福には誰かが作り上げた歴史があって、自分のところにもたらされたということを、必ず知らなければなりません。

それとは逆に、自分が何をやってもうまくいかない、不幸なことがあったという人も、必ずしも自分一人の責任ではありません。これも歴史の中に理由があって、たまたま自分が尻拭いのような不幸を味わわなければいけなくなる場合もあります。

現代のサラリーマンを例にとれば、経営陣の失敗によって苦境に立たされるのは現場の社員ですよね。一生懸命にやっていてもトップの不祥事や判断ミスで、人生が変わるほどのとばっちりを受けた人もたくさんいるはずです。同じことが社会という大きな空間で、長い時間軸で起きているのだと考えれば、わかりやすいのではないでしょうか。

わが身の幸・不幸とは、いったいどういうことなのか。過去の歴史とどんな縁があるのか。幸福の来歴、不幸の来歴を知るために学ばなくてはならないのが歴史だと思います。だから近ければ近いほど大事です。現在、私たちが置かれている幸・不幸の座標上には、石器時代や縄文時代、弥生《やよい》時代のことなど直接は関係してきません。いつ石器をもってどうしたといったことこそ、自分で教科書をナナメ読みしておけばすむようなことです。

対して、日本と中国との戦争はいついかなる状況で始まったか、といったことは、やはりきちんと教えなければならないし、勉強しなければならないことだと思います。

親子で価値観が大きく違う理由

私の父親は大正十三年（一九二四年）生まれ、母親は昭和二年（一九二七年）生まれです。お気楽に育った私とまるで反対に、おそらく日本史上でもっとも過酷な時代に生まれ育ってきた世代だと思います。

大正十三年というと関東大震災の翌年です。父親は東京・深川生まれですから、震災で焼野原であったところで誕生して、ものごころついたころには金融恐慌です。世間では銀行が潰れる大騒ぎだったはずです。小僧に出されて何年か勤め、旋盤も回せるようになった昭和十九年（一九四四年）、召集令状が来ました。戦争に連れていかれて、戻ってきたらまた焼野原。そこでまたゼロからのスタートです。

父は左目と左手が利きませんでした。戦争で受けた傷であるとはわかっていましたが、自分が戦争中どこにいて何をしていたかは亡くなるまで語りませんでした。

聞いても嫌な顔をするだけで答えません。私も「聞いてはまずいことなんだ」という気

焼野原となった東京の下町

持ちがあって、あえて聞かなかったのでいまだに謎です。

私は親の言うことを聞かない、わけのわからない子供でしたから、まあよくケンカになりました。父親と私とでまったく価値観が違いますから、仲が悪かったのは仕方ありません。大正生まれの親と昭和二十年代後半に生まれた子供という家庭で、親子関係がうまくいったというケースはほとんどないのではないかと思います。

苦労して育った父親と、結果としてとても幸福に育った子供では世界観が違う。価値観が違う。同じものごとを見ても、見えているものがまったく違います。

父親についてなんとなく理解できるようになったのは、大人になってからです。

小説を書こうと思ったとき、自衛隊の経験がある私は、昭和の戦争の時代をきちんと書きたくて日本の近代史、現代史を自分で調べ始めました。戦争への歴史やできごとを理解していく中で、ようやく父親のこともわかるようになったのです。

歴史好きを自認する私ですが、明治の条約改正の後、日本がどうなって、なぜ戦争に向かっていったのか、ほんのあらすじしか知りませんでした。

知っていることが歴史上のあらすじだけだと、自分の父親のことをただの偏屈だとしか思えないんですね。どんな苦労をして、どうやって何度も修羅場を潜《くぐ》り抜け、復員して私を作り、育ててくれたのかという経緯がわかっていない。これは反省しました。

つまりこれが「自分が生活している社会の座標」ということです。自分自身の幸・不幸が、過去からつながっていること、先人たちの努力の跡であることも見えてきました。

私が生まれ育った東京・中野あたりの風景は、ものごころついた昭和三十年（一九五五年）あたりからほとんど変わっていません。青梅《おうめ》街道から都電がなくなったくらいと言ってもいいくらいです。つまり、戦後の十年ほどの間に、私たちの両親や祖父母の世代が、焼野原を元通りにしてくれたのです。

もちろん東京だけではありません。日本中で大変な努力があって、少なくとも飢えることはない、今と同様の水準に日本を復興したのです。

ところが、こうした肝心な近現代史がわれわれの世代以降、教育からは欠落しています。昭和二十六年（一九五一年）生まれの私が、戦争のことを書くのは不謹慎だと思います。そんな立場ではないと大変恥ずかしいとも思っています。しかし誰かが真面目に調べて、きちんと書かなければいけない。実際に体験した戦争を語る人、書く人は時間の流れととももにどんどんいなくなってしまうわけですから。

日本はどんな戦争をしたのか、戦争で何が起こったかなどを次の世代に伝える、送ることとは、私たちの義務であると思います。

小説家として何ができるのかと考えたとき、江戸幕府が崩壊した前後から今日に至るまでの日本の近現代史、そしてお隣の国、中国と日本のこの百年ちょっとの歴史を小説の形で面白く読んでもらいたい、これは歴史が好きである自分のライフワークだと思います。

歴史から〝教訓〟を発見する

去年と一昨年で中山道を踏破しました。もちろん一気には歩けません。締切りが途中で来てしまいますから、二泊三日の行程で切れ切れに歩きました。

幕末の大名行列を題材にした小説『一路』を書くためでした。本邦初の〝大名行列小説〟です。美濃（現在の岐阜県南部）のお殿様が、国を出発して中山道を通って江戸に着くまでにつぎつぎと事件が起こるという物語です。

江戸時代、幕府から石高一万石以上の所領を与えられた武家が大名ですが、参勤交代の義務があったのは、大名だけではありません。将軍直属の家来である旗本のほとんどは江戸定府《じょうふ》、つまり江戸に住んでいましたが、知行地に在国して大名なみに参勤交代をする、「交代寄合《こうたいよりあい》」と呼ばれる旗本もいました。旗本の中では禄高《ろくだか》も格式も高いのです。

小説に登場するのは、格式は大名なみだけれども、財政の苦しい交代寄合の蒔坂《まいさか》家です。

中山道小野の集落

蒔坂家は架空の家名ですから、事件やできごと、登場人物など小説が面白くなるように自由自在に動かせます。しかし、参勤交代という制度や大名行列の様子など、歴史的な事実を違《たが》えてはいけません。

史実はいい加減なことを書けませんから、自分で徹底的に調べます。

そして実体験をする。とはいえミステリー小説を書くために殺人はできませんから「できる限りの実体験」ですね。

当然、中山道くらいは歩かなくてはいけない。でも歩いてみると、実に大変です。

大名行列では、一日に平均十里（約四十キロ）を歩いていました。殿様の乗った駕籠《かご》や荷物を担いでです。少し考えただけでも驚きませんか？　きれいに整地された道路ではなく、ましてや舗装道路ではありません。山道も細い道もあります。

そんな道なのに、美濃の領地から江戸までは十日の行程だったそうです。歩いてみて実感しましたが、現代人は十日間で歩けと命じられても、どんな健脚の人でも無理だと思います。しかも駕籠や荷物を担いでいたのですから。

昔の人はすごいなと思ったのは、大名行列では一切荷車を使わないことです。大名行列の絵などを見ても、人海戦術で担いでいます。荷車など使いません。天下の公道、とくに五街道に関しては、大名行列に荷車は一切まかりならぬ、すべて担げ、という定めだったそうです。

衣類などは当然としても、殿様のトイレまで運ぶのだから、その量たるや莫大なものでしょう。普通に考えれば荷車を引いて運んだほうが楽なのですが。

教科書的には参勤交代といえば、各藩の藩主を定期的に江戸に出仕させることで財政的負担をかけ、軍事的な強大化を防ぐとともに、藩主の妻子を江戸で人質にするための制度とされていますが、源流をたどれば行軍です。

一朝、ことあらばただちに駆けつけるぞという「いざ鎌倉」の行軍。ですから、弓、槍、鉄砲、鎧《よろい》など武具もすべてもっていくのです。

いつしかそれが形骸化、様式化して大名行列になったのでしょう。徳川幕府になって二百数十年、平和が続く間に、おろそかにしてはならないものが消え、どうでもいいことが残っていったのに違いありません。

重たい武具も荷車には決して積まず、すべて担いで一日四十キロを歩いたわけですから。どれだけ大変なことか、歩いてみて本当によくわかりました。

歴史の中には、この大名行列のように「大事なことが省略され、些末《さまつ》なことが、さも大切であるかのように遺《のこ》って肥大化する」ケースがままあります。

そんな〝教訓〟が発見できるのも、歴史を学ぶ面白さです。

統治システムと文化的伝統を一緒くたにするな

歴史を遡りながら考えていると、いろんなことが見えてきます。

そのひとつが、私たちが歴史をきちんと学んでこなかったゆえの問題です。言語や共通の記憶といった文化的伝統の共同体としての国の歴史と、統治システムとしての国の歴史を混同しがちになってしまいました。

お隣の中国の場合、両者はまったく違いますね。この七百～八百年だけ見ても、清は女真《じょしん》人（満洲人）、その前の明《みん》は漢民族が建国してそれぞれ三百年ほど、その前はモンゴル人の元《げん》が約百年といった具合に、統治システムとしての国は何度も何度も替わっています。後の章で詳しく述べますが、中国のすごいところは、国も民族も違うのに科挙という官僚登用制度はずっと残っているんですね。

では日本はどうか。第二次世界大戦を経て、歴史のつながりは断たれたのでしょうか。実はここが今、いちばん考えなくてはいけないところなのだと思います。

国際連合の創立時の参加国が、第二次大戦中の「連合国」であることはよく知られています。英語で言えばユナイテッド・ネーションズ、呼び名もまったく同じですね。いまだに日本やドイツは敵国条項に入っているので、これを廃止してくれと言っているくらいですから。

でも現在、世界は「今の日本は敵国ではないよ」と認めています。日本政府は「日本は連合国の敵国ではありませんよ」という立場ですし、日本人もそう信じています。つまり、統治システムとしては「歴史がつながっていない」ことになっているんです。

一方で、文化としての国はつながっています。世界でもっとも長く続く皇室があり、さまざまな文化的伝統が、海外から「クールだ！」「かっこいい！」と賞賛されています。江戸時代は武家政権、軍事政権ですが、世界にも稀《まれ》なほどの文化国家でした。鎖国しながらも、世界情勢などに興味をもって、分析している学者が日本中にいた。

政治的には戦前との一貫性を断つことで、戦後の復興をしてきたわけですが、断ってはいけないところまで断ってしまった、という反省があります。

「古いから悪い」で一緒くたに断罪してしまったために、大事なものが失われたという面はたしかにありますから、それを復権するのは必要なことです。

ただ、やっかいなことに、戦前のものは何でも一緒くたに捨て去ったがために、こんどは、統治システムまで含めてそれほど悪くなかったという一緒くたな主張が出てきます。

これはどうなのでしょうか？

やはり私たち戦後生まれの世代が、今の幸福、日本の繁栄はどこから来ているのか、あまりにも知らない、考えずにすませてきたことに原因がありそうです。

実際、尖閣《せんかく》問題だの歴史認識だのと、近頃の中国と日本の間には、いろいろ困ったこともあります。韓国は従軍慰安婦問題を声高に言い立てています。

他国に対して、歴史への向き合い方に注文をつけるのはどうかと思いますが、私たちが整理をつけずに来たことも確かでしょう。


歴史と史実は違います。歴史とはその国の人々の共通の記憶、つまり起こった事実の捉え方ですから、客観的な事実、史実による議論を期待するのは難しい。

たとえば、山縣有朋《やまがたありとも》という人は明治期には権威主義の塊として嫌われ、戦後になると、帝国陸軍を整備して軍国主義の生みの親となった人物として、二重の悪役となっていますが、そうなったのにはこんな理由が考えられます。

長州藩は徹頭徹尾、反幕で戦ってきましたから、維新政府で人材が少ないんですね。維新まで見届けた木戸《きど》孝允《たかよし》（桂小五郎）も、明治十年（一八七七年）に亡くなってしまった。

だから山縣有朋は、自分の能力以上に必死に頑張ったんです。

そのコンプレックスが彼の権威主義につながったのではないかと思うんです。新政府を作り、必死に近代日本のかたちを整えてくるうちに、最長老が伊藤博文《いとうひろぶみ》と山縣有朋の世代になってしまった。見方によっては、権威主義の嫌なジジイですが、また別の面を見れば、革命に倒れた先輩の分まで努力をした人々でもあります。

私は小説家ですから、ひとつの視点や歴史観でなくてはならぬという主張には与《くみ》しません。魅力も感じません。しかし、日本人の国民性はよくもあしくも集団主義的ですから、どうしても歴史にアイデンティティを求めます。

だから今の世相について、ある一定の知的レベル以上の人と議論をすると、これがつまらないんですよ。新聞かテレビで言っていた四〜五パターンの受け売りで、オリジナルな考えがない。

でも以前、下町でまわりは職人だらけというサウナに入っているとき、フセイン処刑のニュースが流れたら、いろんなことを言うんですよ。

「気の毒になぁ。あいつだって親も子もいるだろう」

「どこの国の法律で死刑になるんだ？」

こうしたさまざまの世論が歴史でしょう。

年号とできごとを暗記してそれが史実だ、丸覚えしないと入試に落ちるよ、なんてことを言っていると、そんな感覚が消えてしまうんです。私たちは歴史を単純に解釈しようとしています。

中国の「孝」の精神に学ぶべき

私は中国に関する小説をたくさん書いているので、頻繁に訪問しています。

中国の文学、中国の歴史を、自分の基礎教養として育ったという感じがしますから、中国が好きです。中学一年生になって授業で漢文を習い、漢詩に出合ったときに「こんなに美しい言葉ってあるのかな」と、はっとするほど感動したんですね。

もちろん漢文はもともと中国語です。中国語で読んで聞かされてもわかりません。ところが漢字で書かれているおかげで、返り点を打って読み下していくと、それ自体がまた美しい日本語になる。中国語で書かれた詩心と、日本語で読み下したときの詩心が、まったく同じものになるということにも驚きました。

今の教育ではどうなっているか知りませんが、私たちのころは詩経の「桃の夭夭《ようよう》たる」に始まり、中学、高校と進むうち史記や長恨歌といった結構難しいものまで習いました。

日本語、国語の基礎教育という点ではとても大事なことだと今でも思っています。

かつて清の時代まで、中国の官僚政治家たちは全員が詩人です。官僚として登用されるための科挙では、詩作が必須科目だったからです。

著名な詩人の多くは官僚政治家です。中国南朝の宋《そう》であったり、唐《とう》であったり、それぞれの時代の代表的な詩人が政治家としても存在する。こう考えるといい国ですね。大文化国家です。

長い歴史をもつ中国ですが、共産国家となってからは、儒教の思想は古い時代のものとされて否定されました。

そんな中国でも、儒教から完全に独立して根を下ろしているのが「孝」の精神です。これは中国の人々の生活に、はっきりと残っています。「孝」とは、親孝行の「孝」、この一字は親に対する孝行、先祖に対する孝行を示します。中国を旅行した人には、若い人がお年寄りを大切に介抱しながら歩いている姿だとか、お年寄りがとても幸せそうに日向《ひなた》ぼっこをしている様子が印象的だったという方もいるかと思います。

領土問題だの環境問題だのと、近頃の中国はいろいろ困ったこともありますが、この「孝」の精神は尊敬に値します。

中国の抱える難題は、一人っ子政策の後で高齢化社会が来ることです。そのとき社会の苦悩たるや、日本の少子高齢化どころではありません。十三億人という大きな分母の上に、ほとんどの場合が一人っ子ですから、親の世代が歳をとったら大変です。なんとか安定しているのも「孝」の精神があればこそでしょう。

とにかくお年寄りを大事にしようという精神が中国には行き届いています。

その点、日本はちょっとどうでしょうか。かつて日本にも「孝」の精神は、中国と同様にありました。ところが戦後、アメリカの精神的影響が大きくて、私たちの世代になってから、アメリカ的なものの考え方が普通に身についていています。

アメリカは老いが嫌われる社会です。老人が嫌われるという意味ではありませんよ。アメリカはパワーが美徳とされる社会ですから、肉体的なパワーが衰えてくる「老い」に対して、否定的な価値観が根底にあるんですね。

だからアメリカを旅された方はよくご存じの光景だと思いますが、夫婦の一方が亡くなった後、一人になった老人が、犬を連れて寒々しくスーパーの袋を抱えて歩いている寂しげな姿、これはどこの街角でも見かけます。

つまり日本のような「家」という概念がなくて、自立が尊ばれるから、子供は結婚すれば出ていってしまって夫婦が残る。そんなケースが圧倒的に多い。しかも、大統領のニュース映像を見てもわかる通り、アメリカ社会は夫婦でひとつのユニットを構成します。おそらくは広い国土を開拓してきた歴史に源流があるのでしょうか。

そのユニットから一人が欠けたとき、やはり社会から疎外されやすい。ずっと夫婦同士のつきあいで、ホームパーティを開いたり旅行に出かけたりしていたのに、ご主人が亡くなって、奥さん一人になったら、ちょっと今までと同じようには誘いにくいでしょう。そんな現実がアメリカにはあります。

パワーが美徳であるというアメリカ的な考え方もあって、やはり「老」という概念自体が嫌われるんですね。アメリカの影響を受け続けた私たちの中にも、はたして同じような「老」に対して嫌がる感情がありはしないでしょうか。

日本は戦後ずっと、アメリカからいいことをたくさん学んできました。しかし、先人の知恵を尊ぶ、人生の先輩たちを大事にする——こうした点はやはり、アメリカから学ぶことはできません。

文化、伝統という観点でいくと中国の「孝」の精神に学ぶべきです。

今がそのタイミングだと思います。歴史を学んで、自分自身の座標を考えてみるとそのことに気づくんです。

第二章　父の時代・祖父の時代

私の記憶にある中野・杉並界隈

東京・中野生まれの私ですが、高校時代は中野や杉並のアパートで一人暮らしをしておりました。

生まれ育った家はＪＲ（当時は国鉄ですね）中野駅から南に十分ほど歩いた青梅街道の近く、鍋屋横丁《なべや》という交差点あたりでした。

鍋屋横丁は妙に下町くさい町でしたね。これには理由があります。

中野駅の近辺は、ある時期に爆発的に人口が増えるのですが、その理由が大正十二年

（一九二三年）の関東大震災でした。震災で下町が丸焼けになったとき、被災者が中野近辺に家を建てて移り住んだことから人口が増えたんです。

さらにその後、昭和二十年（一九四五年）の空襲で焼け出された人が移り住みました。その中の一軒が私の生家でした。

もともとは深川にあったのですが、祖父と祖母が東京大空襲で焼け出され、鍋屋横丁に小さな家を建てていたところに父親が復員してきたのです。

中央線の中野、高円寺、阿佐ケ谷近辺は、今では中野区、杉並区といった「山の手」とされる地域でありながら、どこか雑然としていて、八百屋のおばちゃんが親しげに声をかけてくるような雰囲気があります。これは、大正時代と戦後間もないころの二度、下町からの大規模な移住があったからです。

本来の「山の手」とは浅草や深川から見た上野の山、本郷から駒込あたりの台地のことですから、中野や杉並は武蔵野です。かつては雑木林に畑が散在する田舎だったのでしょう。

ともあれ、そういう理由で下町っぽい山の手となった中野界隈で、私は昭和二十六年（一九五一年）に生まれるわけです。ものごころついたころは、妙に江戸前な町でありました。それはとてもよく記憶しています。

天領だった多摩・東京西部

今、中野駅の北口に建っている「中野ブロードウェイ」ができたのが昭和四十一年（一九六六年）です。ショッピング・アーケードを抜けると高級マンションという、画期的な物件でした。鳴り物入りで登場したことをよく覚えています。

コンサートホールや会議室などがある複合施設、「中野サンプラザ」が完成したのが昭和四十八年（一九七三年）、私が高校を卒業した三年後です。

つまり現在もランドマークになっているような近代的なビルが建ち並ぶ風景は、今から四十～五十年前に始まっています。以来、ひとつながりの時間が流れていると考えてよさそうです。

その前はというと、関東大震災と東京大空襲で下町からの人口流入があって市街地が形成されたところで一区切りでしょう。ここが父や祖父の時代にあたります。

さらにそれ以前はどうだったか。江戸時代の地図を見ると、このあたりは中野村になっていて、畑と雑木林ばかりです。今、新宿の西端にあたるあたりが柏木《かしわぎ》村と呼ばれて、中野村と隣接していたのです。

中野区、杉並区、あるいは世田谷区といった東京西部一帯は、道路がごちゃごちゃしています。北に向かっていたはずの道路がいつの間にか西に走り、交差点を曲がったらどちらに向かっているのかわからない、という住宅地がたくさんあります。カーナビ登場以前は、まことにタクシー泣かせの場所でした。

これは、丘陵地の畑だとか林の間の道に沿って、住宅が建っていったからですね。江戸時代から人々が住んでいた下町は、碁盤の目のように整備されているのと正反対です。

こうした東京西部は、江戸時代にはほとんどが天領、すなわち幕府の直轄地でした。東京都は面積は小さいのに、妙に東西に長いですね。現代の地図で見ると、南北には三十キロといったところですが、東西には九十キロもあります。

これにはちゃんと理由があります。旧国名の武蔵国《むさしのくに》といえば現在の埼玉県まで含まれますが、埼玉県の大部分は岩槻藩《いわつき》、川越藩《かわごえ》といった譜代の大名領です。武蔵国と江戸を一緒くたにはできません。江戸の範囲を示す「朱引き図」から荒川と多摩川を目安に境を決めていきました。どちらの川も、源流は西へ西へと遡っていきますから、この範囲が天領となって、ほぼ今の東京都の姿になるわけです。

少し話は脱線しますが、多摩が天領だったことが幕末に新選組が成立した下地になっています。近藤勇《こんどういさみ》も土方歳三《ひじかたとしぞう》も、現在の調布付近の豪農の倅《せがれ》です。

苗字帯刀を許された豪農の子供たちは、「自分たちのお殿様は将軍様だ。徳川幕府の家来だ」という誇りをもっていました。

辛辣《しんらつ》な見方をすれば、彼らはさほどたいそうな思想をもっているわけでもなく、不良集団に近い連中でしたが「自分たちは公方《くぼう》様の家臣である」という大義がありました。天領の領民としての意識が、子供のころから染みわたっていたことはたしかでしょう。

脱線ついでに、鉄道についても触れておきましょう。東京西部を走る中央線は、東中野駅から立川駅の少し手前まで、二十キロ以上もまっすぐです。

なぜ、まっすぐか。

途中の村々が、便利になるからうちに駅を作ってくれと、わいわい陳情に行くものだから、鉄道大臣が「個人の便益など聞きたくない」と言って、バーンと定規で線を引いた。あるいは東京市長の後藤新平が線を引いた。などともっともらしい話が流布されているけれどもこれは俗説。調べてみると逆なのです。

鉄道と戦争

中央線はもともと、甲州と武州を結ぶという計画のもとに明治二十二年（一八八九年）に開通した甲武《こうぶ》鉄道が前身です。しかも江戸時代から宿場町が開けていた甲州街道に沿って建設しようとしていたのですが、この時点では、地元の人たちは自分のところに鉄道なんか通してほしくない、駅なんて作ってほしくなかった。

だから反対運動のほうがはるかに大きくて、誰も文句を言わない武蔵野の雑木林に線路を引っ張ったというのが真実のようです。

京都で聞いた話ですが、京都駅がずいぶん街の端にあるのも、反対運動が強かったからだそうですね。西洋から来た魔物のような煙を吐く機関車は、体にも悪いだろうし、作物にもよくないだろうということで、公害反対運動の元祖だったようです。

ともあれ明治二十二年四月に新宿から立川間が開業し、八月には八王子まで延伸しています。この四か月の差は、浅川と多摩川の鉄橋を作るのに手間がかかったからでした。

開業当初、新宿—立川間二十七・二キロに駅は三つしかありません。そのひとつが中野、次が武蔵境《むさしさかい》です。当時は境《さかい》という駅でした。その次は国分寺《こくぶんじ》でした。

立体化されたJR東京駅で二階ホームから出発する中央線

ところが開業してしばらくすると、荻窪で「ぜひとも駅を作ってほしい」という住民運動が起こります。停車駅を作るよう陳情した例としては、おそらく日本で最初なのではないでしょうか。こうして、明治二十四年（一八九一年）に荻窪駅ができるのです。

大正から昭和に変わるころ、閑静な郊外だった荻窪には、華族の別荘、別宅がたくさん作られるようになりました。また作家、芸術家、文化人も多く住んでいます。与謝野晶子・与謝野鉄幹、井伏鱒二、太宰治、棟方志功ほかそうそうたるメンバーがご町内だったわけですね。今、大田黒公園となっている場所は、大正時代から音楽評論の草分けとして活動した大田黒元雄の屋敷跡です。

有名なのが戦前、貴族院議長や総理大臣などを歴任した近衛文麿の別邸、荻外荘《てきがいそう》です。もともとは大正天皇の侍医頭《じいのかみ》を務めた入澤達吉の別荘で、当時を代表する建築家の伊東忠太が設計した建物だそうですが、近衛文麿がたいそう気に入って買ったのです。

中国大陸での戦争が拡大して、対米戦争へとつながっていく昭和十年代、ここで多くの秘密会議が行われています。終戦後、ＧＨＱからＡ級戦犯に指名され逮捕命令が出ていた彼が、出頭期限である昭和二十年（一九四五年）十二月十六日、服毒自殺したのもこの荻外荘でのことでした。

今、中央線はJR東日本の路線ですが、五十代から上の世代には国鉄と言っても十分通じると思います。昭和六十二年（一九八七年）三月三十一日までは日本国有鉄道でした。中曽根内閣の分割民営化によって、現在のような地域別の六つの旅客鉄道会社とひとつの貨物鉄道会社になったわけです。

中央線の開業時は民営でしたから、これが国有化されていたことになります。それがいつのことか、どうしてかというと、明治三十七〜三十八年（一九〇四〜一九〇五年）の日露戦争で、軍事物資の輸送に不都合であることが顕在化したからなんですね。たとえば東京近郊で生産した武器弾薬を、広島や下関に運ぼうとしたとき、民営官営の鉄道が混在していると非常に煩雑になります。実際、輸送能力に事欠くほどだったようです。さらに民営では外国人投資家に経営を握られる可能性もあり、何をどれだけ輸送するかといった軍事機密が漏れることも懸念されました。

こうして明治三十九年（一九〇六年）、鉄道国有法によって鉄道は官営に一元化することになりました。全国で規格を揃《そろ》えて、輸送力をアップすることで富国強兵の実を挙げようという明治政府の政策だったのです。

ならば最初から、官営で鉄道を敷設すればいいじゃないかと思う人もいるでしょう。しかし明治新政府の財政は貧乏でした。後述する西南戦争では、戦費が税収の八割以上に達し、国庫がすっからかんになりました。

だから、やむなく民間の力を借りて鉄道を全国に張り巡らしたわけです。三十～四十年経ったとき、富国強兵の基本方針を再確認したのが、この鉄道国有法だったと言えそうです。

戦時を想定した国有鉄道も、平和な時代が長く続くと赤字だらけで国の負担が大きくなりました。およそ八十年後、また民営に戻ってＪＲになったのですね。

私は高校時代、中野から国鉄中央線に乗って荻窪の中大杉並高校に通っていました。全体がオレンジ色の懐かしい電車です。「国鉄」という言葉になじみのある人なら、覚えている人も多いと思います。オレンジ色の前はといえばチョコレート色でした。そのチョコレート色の電車の中に、立川キャンプにいた進駐軍のアメリカ兵がよく乗っていました。黒人兵が大きくて怖かったことを覚えています。

さらに言えば、私が幼いころは食料の配給のための通帳がありました。それをもっていなければお米の配給を受けられません。だから離婚も家出もできなかったのです。私は、そんな記憶がある最後の世代です。

地下鉄に乗って入営した父

前章でも少し触れましたが、私の父親は大正十三年（一九二四年）の生まれで、召集令状を受け取った最後のころの兵隊です。東京生まれ、東京育ちの父には、出征するとき一風変わった経験がありました。

新橋から地下鉄に乗って、青山一丁目の歩兵第三聯隊に入営しているんです。出征というと、駅でみんなが万歳三唱して送り出されて蒸気機関車が動き出す——などというシーンを思い浮かべますよね。

それが父の場合、新橋の地下鉄の入口で、工場の仲間たちが万歳してくれて、そのまま階段を降りて、地下鉄に乗って入営したのだそうです。この話を聞いていたので、焼け跡となった東京を舞台にした『地下鉄《メトロ》に乗って』という小説を書き、吉川英治文学新人賞をいただきました。初めての文学賞でした。四十三歳のときだったと思いますが、この作品で小説家になれた気がします。

あの戦争について記憶も体験もない、昭和二十六年（一九五一年）生まれの私が書くのなら、徹底的に調べてきちんと書き残すことが、苦労した父母の世代、祖父母の世代への礼儀です。若い世代、これから生まれてくる世代への責任でもあります。

兵役に就いて、第二次世界大戦で犠牲になった人のほとんどは大正生まれでした。

とくに大正十年（一九二一年）から大正十五年（一九二六年）生まれは、もっとも苦労したはずです。国を挙げ、国民を総動員しての戦争でしたが、戦場で戦っていた兵士は圧倒的に若者でした。戦争も末期になると戦闘が激烈をきわめるようになって、その方たちがみんな死んでしまいます。

特攻隊で飛び立ったのは多くが十九歳、二十歳の人たちです。飛行機の操縦を速成で叩《たた》き込まれ、上達の速かった人から特攻機に乗っていきました。兵力不足を補うため、二十六歳まで徴兵が猶予されていた旧制の大学・高等学校・専門学校などの学生も学徒出陣、出征することになりました。

大正末から昭和の初めにかけて生まれた男たちは、戦場で血を流し、死んでいくことが宿命だったと言っても過言ではありません。

学徒出陣　東京帝国大学安田講堂前

戦争中にも日常のささやかな楽しみがあった

昭和二年（一九二七年）生まれの母は、戦争中のことをまったく話さなかった父とは反対に、いろいろと話してくれました。

この世代の女性は、軍需工場の勤労動員にかりだされています。つらい経験だったはずなのに、おしゃべりだった母は面白おかしく話してくれました。いつも「戦時中でもこんな楽しみがあったんだよ」という話し方で、教えてくれたような気がします。

これは子供に戦争を伝えるひとつの手ではないかなと思いますね。悲惨なことを話すよりも耳に届きやすくて、しかも印象に残ります。

母は中央線沿線にある堀越《ほりこし》高等女学校に入りました。今は芸能コースがあって芸能人が通う高校として有名ですが、昔は女学校だったんですね。

入ったのはいいけれど、勉強したのは最初のほんのわずかな日々だけで、あとは「三鷹の工場に行きなさい」と勤労動員されました。三鷹の工場とは今の横河《よこがわ》電機、そのころは横河電機製作所で、毎日そこに通って航空機のメーターを作っていたそうです。

勉強しなかったわけではなくて、日曜日に登校して授業らしきものを受けることになっていたのだけれども、毎日、朝から晩まで働かされる子供たちのことを先生はかわいそうに思って、ともかく学校に行ったらすぐに眠れと言ってくれていたらしい。

「机に突っ伏して寝かせてくれて、とてもいい先生だった」と言っていました。

いい話ですよね。こういう先生がいたことや女生徒たちの日々のささやかな楽しみといった感覚は、伝えていくべきだと思います。

もうひとつ、母から聞いて記憶によく残っている話があります。中央線が爆撃で止まっているので、よく三鷹から新宿の下宿まで歩いたのだそうです。

空襲が来ると線路の上にいたら危険ですから、線路の脇に掘ってある防空壕に飛び込むのです。女学生が二、三人で話しながら歩いているとき「空襲だ！」となると、男の人が庇《かば》ってくれたという話を何度も聞きましたね。押し転がすようにして女性を先に防空壕に入れ、その上から男性が被《かぶ》さって庇う。

「昔の男の人は本能的にそうした」と懐かしむように話していました。

横河電機の隣は中島飛行機の工場でした。今は乗用車のスバルで有名な富士重工になっていますが、前身は一式戦闘機「隼《はやぶさ》」を作っていた中島飛行機です。ここは何度も空襲を受けています。

第二次世界大戦下の勤労動員

あるときの空襲では、米軍機が去ったので母が防空壕から工場に戻ろうとすると、中島飛行機の門から、女学生の死体をたくさん積んだトラックが出ていったそうです。そのくらい米軍の爆撃はピンポイントでした。中島飛行機を狙ってピンポイントで爆弾を落としたのでしょう。隣の横河電気は無傷だったのです。

東京都内も横浜《よこはま》沿岸も、主な建物は意外なほど空襲の被害がなく残っています。たとえば皇居のお堀端にある明治生命館や第一生命館、横浜の旧横浜正金《しょうきん》銀行だとか、横浜郵船ビルなど、立派なビルは戦火に耐えて残りました。

首都圏への本格的な爆撃は昭和二十年（一九四五年）に入ってからです。米軍側の資料を調べたわけではありませんが、おそらく占領後のことも視野に入れて、残すべき建物は残して爆撃をしたのではないかと思います。

豊かで風流だった大正時代

第二次世界大戦の戦場でもっとも血を流し、さらに命までも奪われたのは、圧倒的に大正から昭和の初めに生まれた人たちでした。まさに私の父母の世代です。

ではその前、祖父母の世代はどうだったのか。

私の祖父母はふたりとも明治三十年（一八九七年）の酉《とり》年ですから、大正時代が青年期にあたります。われわれの世代のイメージでは、戦前というと軍閥の台頭だとか、軍靴の響きだとか、暗い抑圧された時代だと思い込んでいますが、本当でしょうか。

永井荷風や谷崎潤一郎の小説を読んでいると、豊かで風流、素敵だなあと思えます。曲線の美しいアールヌーボーのデザインが街に彩りを添え、大正モダン、大正リベラリズムと謳《うた》われた時代です。そうそう軍国主義が跋扈《ばっこ》する世の中とも思えません。

私たちは大正昭和の歴史を知らずに育っていますから、あらためて調べてみましたら、やはり美しい時代でありました。

第一次世界大戦が終わり、世界的な潮流として軍縮の時代となったのが大正期です。軍事費がぐっと縮小されて、そのお金が経済振興、文化振興に回されるのだから、世の中は豊かになってきれいになる。明治の赤レンガの上に、大正モダンの真鍮《しんちゅう》と石造りが覆い被さって、華やいでいました。

赤レンガに白い窓枠を配した東京駅が完成したのが大正三年（一九一四年）です。昭和二十年五月の空襲で焼け落ち、丸の内から見た駅舎は長く二階建てでしたが、平成二十四年（二〇一二年）、竣工《しゅんこう》時の三階建てへと復原工事が完了しました。若かりしころの祖父母が見ていたのは、これだったのですね。

ハイカラな店が建ち並ぶ銀座には、ぶらぶらと街歩きを楽しむ人も多く「銀ブラ」という言葉も生まれています。好景気に沸き、少し前まで上流階級だけのものだった洋装が、中産階級にも広まりました。

映画が盛んになり、ジャズが流れ、すばらしい文化が台頭してくる平和な時代、それが大正の軍縮期です。ヨーロッパで言う「ベル・エポック」でありました。

関東大震災で銀座も大きな被害を受けましたが、復興も早かった。デパートもどんどん建って、モダニズム文化、消費文化が花開いていたのです。

モガ（モダン・ガール）、モボ（モダン・ボーイ）という先端ファッションの人々も登場する。モガはショートカットの髪に小振りの帽子、足元はハイヒール、モボなら山高帽子にロイド眼鏡、手にはステッキというのが定番でした。

ファッションや風俗のお手本は、震災を経てパリやロンドンから、ニューヨークやサンフランシスコへと移っていきます。旧制中学以上の学歴があって会社勤めをするサラリーマンはほんの一握りでしたし、もちろん貧しい人もまだまだ多かった。ただ、少なくとも東京の若者には、明るくて自由な気風が広まっていました。

全体を見渡せば、圧倒的に多いのは農業人口でしたから、世の中が豊かであったわけで

銀ブラを楽しむモダン・ガール

はありません。でも今のように、何でも競って買わなくてはいけない時代ではありません
から、日本人は慎ましい暮らしの中に楽しみを見いだしていたのでしょう。

江戸前のダンディな人間だった祖父

私は両親よりも祖父母の影響を強く受けて育ちました。
祖父の背中には彫物が入っていました。ろくでなしではありましたが格好よかったです
ね。たとえば祖父が、おめかしして麻のスーツに蝶《ちょう》ネクタイで出かけようとする。どこへ
行くのかと思ったら、タバコを買いに行くというのです。パチンコに行くときも同じです。
家の中ではステテコ姿でごろごろしていても、一歩外に出るときには、身だしなみを整
える。家ではシュミーズ姿で平気な祖母も、表に出るときはよそいきを着る。私の記憶に
残る東京は、そんな街でした。
江戸時代から人口密度が高くて、とにかく大勢の人がいる。自分が外に出るとき、近所
の人に悪い印象を与えてはならないということなのでしょう。玄関の敷居をまたいで、一
歩外に出るときには、きちんとした格好が当然とされたのです。
「汚い身なりは恥。まずいものは毒」と言っていたのが祖母です。

まずいものは腐っているかもしれない。汚い身なりをしているのは恥ずかしい。「格好いい、悪い」ではなくて「恥」なんですね。

そんな祖母と、蕎麦《そば》屋に行ったときのことです。頼んだざる蕎麦が配膳台の暖簾《のれん》のあたりで少しの間置きっぱなしになっていたら、運ばれてきたときにはもう食べませんでしたね。代金を置いて「帰るよ」と、さっさと手を引かれて店を出ました。

「どうして帰るのさ」と聞くと、「ああいうところの蕎麦がうまいわけがない」と言うのです。「まずいものは毒」なのです。

鰻《うなぎ》屋に行ったときは、こんなことがありました。

「おばあちゃん、まだ？」と私が言ったら、ものすごく怒られました。

「鰻屋に来て『まだ』ってことだけは決して言ってはいけないよ。鰻屋さんは遅ければ遅いほど丁寧なんだから」

そう説明されても、当時はよくわからなかったのですが。

私は「勉強しろ」と言われたことは一度もありません。

とてもダンディな祖父と粋な祖母だったんです。そういった気性は、言葉から湧いてくるのだと思っています。

あるとき、登場人物の言葉をすべて自分の東京弁で書いてやろうと一大決心をしまして、奮起して書き始めたのが『天切り松　闇がたり』という小説です。これは徹頭徹尾、私の祖父母が使っていたような東京弁で書いてあります。

なるほど、東京弁でしゃべらせると登場人物はみんな江戸前のダンディな人間になるんですね。居ずまいや立ち居振る舞い、考え方が格好よくなります。ところが言葉、方言を失ったとたん、そういった気性から立ち居振る舞いまですべて失われてしまいます。

言葉は気性の保存装置

東京の下町出身で江戸っ子の私は、講演など公の場では標準語で話していますが、家に帰ったら決して使いません。標準語と東京弁は違います。家ではとんでもないローカルな東京弁をしゃべっています。

何百年、何千年とかかって積み上げられてきた言葉の中には、その地方の風土が育んだ独特の気性、気質、性格がこもっています。だから方言が失われると、その土地の気性が失われるんです。言葉は風土の保存装置なのです。

そんな大切な方言が、全国でも最初に消えてしまったのが、実は東京でした。

私たちの世代には、小学校のとき「ネサヨ運動」という変なムーブメントがありました。

東京弁のいちばんわかりやすい特徴は、「それでサ、それでネ、それでヨ」というぐあいに言葉の最後にネ、サ、ヨがつくのですが、これをつけてはいけないと禁じられたのです。ネサヨをつけたらマジックでほっぺたに×印をつけるという教育が、本当に学校で行われたのです。「待たせちまったネ。遅刻しそうになったからサ。朝メシも食わずに来ちまったヨ」などと言うと×三つです。

つまり方言は使うな、東京弁は下品だから使うなということでした。

地方出身者が、ふるさとで同窓会に顔を出せば昔懐かしい方言で会話をかわすように、幼なじみと会えば東京弁になります。言葉は滅んだわけではありませんからね。

一般の会社に就職して、よそから奥さんをもらうとなかなか使えない。「おめえ、おめえ」なんて相手を呼んだら、喧嘩を売っているとしか思われませんから。

「ネサヨ運動」を乗り越え、高校までは東京弁を使ってきた連中も、社会に出て所帯をもつと、すっかり標準語になってしまう。かくして、東京では東京弁は廃れてしまいました。

今から考えてみれば、こんなもったいない話はありません。たしかにネ、サ、ヨを使うことはきれいさっぱりなくなりました。それと同時に、東京人の麗しい気性もまったく失われました。これは自分の故郷の残念なところですね。とても喪失感を覚えます。

境界・地名を疎かにするな

東京で失われたものは、言葉のほかにもありました。

私が生まれた場所は、中野区上町《かみちょう》二十一番地という町名でしたが、これがいつの間にか、中野区中央何丁目という表示に変わってしまいました。東京都内の優雅な地名を、役人がひとからげにして、みんな変えてしまったのです。

誰が変えたかは知りません。しかしこれは大変腹立たしいことです。暴力だと思いますね。土地の名前を変えるなど、それ自体が文化の破壊です。数字で番号を振ってしまえばいいというのは、いかにも乱暴で便宜的です。

たとえば今、新宿駅の周辺は、西新宿、北新宿という無味無臭の地名に統合されています。けれども僕らが若い時分には、柏木、淀橋《よどばし》、角筈《つのはず》などという素敵な名前がついていたんですよ。私の作品の中に『角筈にて』という短編があります。子供が歌舞伎町の入り口の、当時は角筈と言われていたバス停に捨てられるという話です。

これだって『西新宿何丁目にて』では、最初から物語になりません。

郵便物の配達だとか、役所で整理するのに便利だから、地名を減らして何丁目何番地という表示にしたのだろうと思いますが、これだけ高度なデジタル社会になってしまえば、数字の地番でも漢字の地名でも同じように処理できるでしょう。となれば、元に戻してもいいんです。

同じ新宿区でも牛込《うしごめ》あたりは昔ながらの町名が生き残っています。おそらく住民の反対運動があったのでしょう。二十騎町《にじっきちょう》、納戸町《なんどちょう》、市谷鷹匠町《いちがやたかじょうまち》などと、江戸幕府の役人たちが住んでいた、その役職がそのまま町の名前についている。これは見識ですね。それだけ地名を大切にしたのです。

世の中、何でもかんでも合理化すればいいというものではありません。生き残るために変化しなくてはいけないことはたくさんあります。でも、「変えなくてすむものまで変える必要なんかない。先人の残した文化は継承すべきである」という意思は、きちんともっていなければならないと思います。

地図で見た東京都の形がずいぶん横長な理由を先に述べましたが、土地には長い歴史が集積しています。地形や地質、自然条件の上に人間の営みが何層にも重なっているのです。そのことを忘れて、効率だの利便性だのを優先していくのは、ただの横着ですよ。

後世の日本人から、「あの時代の人たちは立派だった」と敬意をもたれるのか、「浅はかな人々の時代だった」と白眼視されるのか、いつも審判されていると思わなくてはいけま

現在の新宿区牛込周辺地図

せん。

大正時代は世界的に軍縮の時代だった

「後世の日本人」として、私たちが戦前をひとくくりにして「軍国主義一辺倒だった」「暗い時代だった」と見てしまうのは、祖父母の世代は不本意でしょう。

「何、言ってやがんだい。ちゃんと勉強してものを言え！」と叱られそうです。

日露戦争以降、大正四年（一九一五年）までの陸軍の常備兵力は、師団の数にして、わずか二十一個師団でした。師団というのは、歩兵、砲兵、輜重《しちょう》兵などをすべてもった自己完結できる集団のことで、二万～三万人の規模です。

大正三年（一九一四年）に勃発《ぼっぱつ》した第一次世界大戦に、日英同盟に基づいて日本も連合国として参戦していますが、それでもこの規模です。

第一次世界大戦が大正七年（一九一八年）に終わると、軍縮が世界の潮流になって、どの国でも軍隊を縮小します。その結果、日本では十七個師団まで小さくなりました。陸軍の総人数で二十五万人。これは今の自衛官の総数とほぼ同じ程度です。

そのくらいまで、縮小していました。

兵役の義務がありますから、男子は二十歳に達すると全員が徴兵検査を受けることになります。身体頑健で身長が百五十二センチ以上あれば甲種合格、普通に健康だとか、頑健でも視力がよくないと丙種合格です。

徴兵令によれば本来、甲種合格は三年の兵役に就いたわけですが、大正から昭和初期にかけての軍縮の時代は、甲種合格でもくじ引きをして当たった者だけが入営していました。それくらい兵隊の数を必要としなかったんです。だから平和な時代には徴兵忌避どころか、貧しい農家の二男坊、三男坊は、甲種合格になったらくじに当たれ当たれと念じたそうです。

農村には働き口がないけれども、軍隊に行けば多少は殴られたりつらい思いはするかもしれないが、三食白い飯が食べられて、読み書きまで教えてくれる。さまざまの技術も習得できる、といった理由がありました。

第一次世界大戦の後は、もう戦争はないとまで言われていましたから、戦地で死ぬ心配もありません。そんな時代もあったのです。

余談ですが、旧陸軍では一人当たりのご飯の定量が一食二合です。今は二合炊くと、夫婦で二日分ですね。軍隊では朝昼晩と二合ずつ食べなければいけないと決まっていたわけ

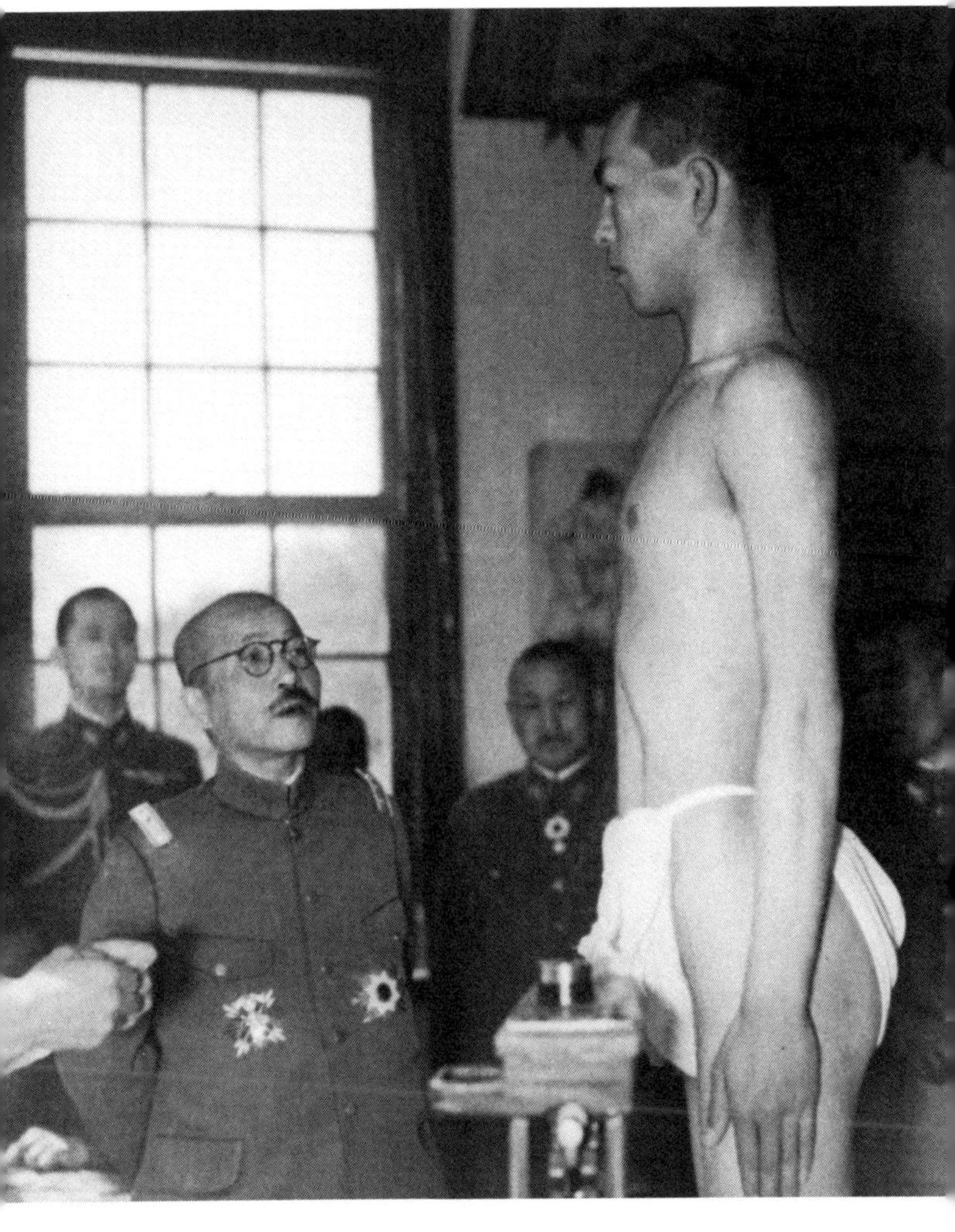

徴兵検査場を視察する東条英機首相兼陸軍大臣

です。それほどのカロリーを消費するのですから、よほどの猛訓練に耐えたのだと思います。

私たちが今、キャンプなどで使う飯盒《はんごう》。あれは日本固有のもので、外国に行ってもありません。お米を炊いて兵食とする日本軍で発明されました。

鍋やフライパンと違って、だいたい同じ大きさと形ですが、それは飯盒は四合炊きと決まっているからです。二つの飯盒があればひとつで汁を作り、もうひとつで飯を炊いて二人で分ける。あるいは四合を一度に炊いておけば、二食分になる。四合というのはきわめて都合のいい規格なのです。

キャンプに行くと何も知らずに使っていますが、帝国陸軍の遺産なんです。戦場で使うより、河原で煮炊きしたほうがずっといいですが。

兵役の仕組みと戦時動員

明治維新以降、富国強兵・殖産興業で頑張ってきた日本人が、少しずつ豊かさを享受できるようになっていったのが大正時代です。関東大震災という大きな災禍はありましたが、列強のパワーバランスも日本に有利に働いて、全体として見れば平和でのどかな時代になりました。

それが昭和になって五年、十年と経つうちに、まるで最悪のカードを引き続けたかのように、世の中はどんどんキナくさくなっていきます。どこか一点に歴史の転換点があったわけではなく、政治も、経済も、軍も、メディアも、そして国民もつぎつぎにカードの切り方を間違えていったと考えるのが適切でしょう。

戦争をしていいことはひとつもありません。これは、はっきりと言えます。

父母が生まれた時代は、明るくのどかな世の中でしたが、成長するとともに、戦争で生命を奪われ、財産を焼き尽くされ、耐乏の中から再び立ち上がることを余儀なくされるのです。

私の長編小説『終わらざる夏』は、戦争という大きな理不尽に巻き込まれながら、懸命に生きた人々の姿を描いた作品です。

昭和二十年（一九四五年）八月十五日の玉音放送後に、日本軍の精鋭部隊とソ連軍の壮絶な戦闘が始まったという史実が下敷きにあります。

兵役を免れる四十五歳を目前という老齢で召集された、アメリカ文化に憧れる翻訳書編集者。歴戦の軍神とまつりあげられ、手指を失っているのに四度目の召集を受けた運転手。軍医として召集された志の高い帝大医学生。

終戦間際に召集されたこの三人は、北千島の孤島・占守島《シュムシュ》に送られました。彼らにも知らされていない密命のためでしたが、彼らとその家族、さらに直接であれ間接であれ取り巻いている人々が、それぞれの立場で戦争に巻き込まれていきます。

この物語の要素として、重要な役割を果たすのが、戦時下の動員システムです。

一人の国民が戦地に送り出される仕組みを書かなければ、戦争の悲惨は理解できません。『終わらざる夏』の前半では、かなりのページを使って戦時下の動員システムについて詳しく説明しました。

これを調べるのは難しかったですね。動員制度そのものが、とても複雑にできているので、これを解析するのがひと苦労でした。

ここでは動員制度についての無味乾燥な説明はしません。

それよりも、『終わらざる夏』をお読みください。この壮大なシステムに携った人々は、それぞれに良心も想像力もある人間でした。にもかかわらず、あたかも一個の機械部品を選んで、必要な現場に配送するかのようなシステムが出来上がっていたことに驚愕《きょうがく》されると思います。

大本営で必要な兵員として決まった数字が、どうやって地域単位の聯隊区で特定の人間の名前に変わるのか。赤紙となってどんな風に役場から届けられるのか。徴兵されるまで、どれだけの過程があったのか——などなど、どんな人間たちがどう関わっていたのか、理解していただけるはずです。

西南戦争で国民皆兵が定着

そもそも戦前の日本は国民皆兵です。男性には兵役の義務がありました。徴兵令が布告されたのは明治六年（一八七三年）一月のことです。

明治維新で日本も統一国家になりました。それから明治六年の徴兵令までの間は、御親兵の制度と呼ばれ、諸藩から兵隊を出させて政府軍にして、天皇と皇居を守る近衛兵を最初に編制しました。数も少ないですから、全員が元武士でまかなえました。

ただ、それでは国家の戦力としてはまったく役には立ちません。もっと人数が必要だとなって、徴兵令が発布されて国民皆兵となりました。

国民皆兵は、十九世紀の世界の趨勢《すうせい》です。

フランス革命以前の戦争では、騎士のような軍人が戦っていたのですが、国民主権、国民国家の考え方を進めていった結果、国民全員が戦争に参加する義務が生じました。自国を守ったり、他国を攻めて領土にしたり、つまり「国益」をあがなうためには国民が血を流さなくてはならない、という論理です。

しかも兵器の発達によって軍隊は損耗が激しくなりますから、一部の専門的な軍人ではいよいよ足りなくなります。

そうした趨勢も踏まえて国民皆兵、徴兵の仕組みを発案したのが大村益次郎です。靖國《やすくに》神社に行くと大鳥居の先、参道の真ん中に、お侍さん姿の立派な銅像がありますが、彼が大村益次郎、日本の陸軍の生みの親です。

大変頭のいい人でしたが、維新後すぐに暗殺されてしまいます。大村益次郎が構想していた陸軍、そして徴兵制を実行したのは、後継者である山縣有朋でした。山縣有朋についてはまた後ほど述べることにしましょう。


明治維新では、四民平等政策によって武士階級はなくなりました。家禄制度は廃止、廃刀令で帯刀が禁じられて武士の特権は消滅します。これが明治九年（一八七六年）のことです。

自分たちのアイデンティティを否定された士族は、あちこちで反乱を起こしました。熊本県で神風連《じんぷうれん》の乱、これに呼応して福岡県では秋月《あきづき》の乱、山口県では萩《はぎ》の乱などが起こりますが、政府によって鎮圧されます。

こうした士族の反乱の中で最大規模だったのが、明治十年（一八七七年）の西南の役でした。旧薩摩藩の士族が中心になって西郷隆盛を担いで起こした反乱です。十年前までバリバリのお侍だった旧薩摩藩士で編制された西郷軍と、徴兵令で集められた農民を訓練した政府軍の戦いでした。つまり、江戸時代のお侍と、徴兵令によって創設されたばかり近代陸軍との戦いと言ってもいいでしょう。

徴兵令で集められた兵隊は、ほとんどが農民でした。人口比率から考えても、兵隊を集めれば農民ばかりになるのは当たり前の話ですよね。

当時、薩摩側ではこんな俗謡が流行したそうです。

「赤いシャッポに銀線なけりゃ、花のお江戸に躍り込む」

いったいどういう意味でしょうね。

「赤いシャッポ」とは、近衛兵のことです。赤い側帯の入った帽子を被っているのは、士族で編制された近衛兵。農村から連れてこられた兵隊ではありません。これは強かった。また「銀線」というのは、黒い帽子に入った銀の線です。こちらは鎮圧勢力として動員された警視隊でした。この時代の警察官に採用されたのは、全員が士族です。

沖田総司、永倉新八とともに新選組で最強と言われた斎藤一も、維新後は警視庁に入っています。西南戦争では警視隊二番小隊半隊長として戦っています。

明治の警察官が士族だったことは、後々までその気風に大いに影響を残しました。

私たちが子供のころは、戦後の民主警察を標榜《ひょうぼう》するようになっていた時代ですが、お巡りさんはものすごく偉そうでした。平気で「おい！」と呼び止めたり、いきなり「こら！」と怒鳴ったりする「おいこら警官」がやたらといました。

もちろん今は違いますよ。元をたどれば明治時代、元お侍を採用したことに端を発する伝統だったということです。

剣道の全日本大会では、今でも圧倒的に強いのはお巡りさんです。日本一になるのは各地の県警だったり、警視庁だったりで、自衛隊はまったくかないません。警察官には剣道の達人が多いのです。

これはやはり士族の気風が残っているからだと思います。


話を西南戦争に戻します。

だから薩摩側からすれば、士族だけで編制されたこの二つの部隊さえいなければ、花のお江戸に躍り込んでやるのに、という気持ちだったのでしょう。

近代装備をもった政府軍が、昔のお侍の反乱軍をたちまち押さえ込む、なんてことはなかったのですが、やはり大局を見れば、徴兵による農民を中心にした政府軍が反乱軍を押さえ込んでいきます。結局、半年ほどで政府軍が勝ち、農民出身であっても戦闘力は引けをとらないことが実証されました。徴兵令の布告から四年、こうして徴兵制による国民皆兵が定着していくのです。

帝国陸軍はフランス式からドイツ式へ

日本の陸軍が、最初にお手本にしたのはフランスでした。

ところがプロイセン王国（後のドイツ）とフランスが戦った普仏戦争（一八七〇～七一年、明治三～四年）で、ご存じの通りプロイセンが圧勝するのです。この様子を見ていたのが、ヨーロッパ視察中の山縣有朋でした。

山縣有朋は長州藩で足軽以下である中間《ちゅうげん》の家に生まれましたが、高杉晋作の奇兵隊に創設とともに参加して頭角を現し、バリバリの勤王の志士になります。

戊辰戦争で戦ったのが三十歳のころですから、若いころにはおよそ外国留学などできる状況ではありません。しかし維新後は政府の中心メンバーになって、何度もヨーロッパ視察に出かけました。普仏戦争を見たのは、最初の渡欧のときでした。

欧米各国は普仏戦争について、まずフランスの勝利は揺るがないと予測していました。多少、長引くことはあっても、フランスが勝つことは間違いないと目されていたのです。ところが戦争が始まって二か月もしないうちに、フランス北東部の戦闘で敗れ、最高司令官のナポレオン三世が捕虜になってしまいます。それから五か月後、首都パリが占領されたのです。

あっけないほど短い期間でプロイセンが勝ち、プロイセン国王がドイツ皇帝となって帝政ドイツが誕生します。

勝因はプロイセン（ドイツ）の優れた軍事制度にありました。当時のフランス陸軍は志願制度でしたが、ドイツには国民皆兵の徴兵制度と、精密な動員システムがありました。こうして日本陸軍のお手本はドイツに切り替わります。山縣有朋はアメリカ経由で帰国するや、ドイツ式の導入に取りかかり、明治六年（一八七三年）の徴兵令へとつながっていくのです。

明治二十二年（一八八九年）に公布された大日本帝国憲法第二十条に、「日本臣民は法律の定むるところにより、兵役の義務を有す」とあります。

この法律が徴兵令のことです。ただし、これは度々改正されます。

この法律ほど、どんどん改正されたものはないでしょうね。大きな軍隊をもてば、それだけ予算も必要になります。少なくてもいい時期もあれば、戦争を続けるために、大量に集めなくてはならない時期もありますから。

本土決戦用の陸軍兵力は二百二十五万人

社会事情に合わせて何度も改正され、昭和二年（一九二七年）には全面改正。改題されて兵役法となりました。私たちが一般的にイメージする徴兵制度は、戦時中、昭和十七年（一九四二年）の兵役法だと思います。

これによると、二十歳になると徴兵検査を受けて体力壮健、体格もよしとなると甲種合格、入営となり陸軍は二年、海軍は三年、現役兵を務めることになります。

徴兵令では三年の兵役でしたから、陸軍は短くなったようにも見えますが、任期を終えると、現役除隊となって予備役・後備兵役に編入されて、陸軍は十五年あまり、海軍は九年、その間に召集令状が来ればただちに、原隊に戻らなければいけないという決まりでした。

大正時代に徴兵検査を受けた世代には、入営することもないまま、三十代、四十代となっていた人たちも少なからずいました。甲種合格でも、くじ引きで入営を決めていたような軍縮のご時世でしたから、視力が悪いとか体格が貧弱とかで乙種合格だと、「お召し」がかからなかったのです。

ところが戦争が拡大、長期化すると兵隊が足りなくなってきます。国民兵役はどんどん拡大され、とうとう戦争の末期には、十七歳から四十五歳までが召集令状一枚で軍隊に組み込まれるシステムになりました。

戦後生まれの私たちの頭には、軍隊が勝手に戦争をして、庶民がその戦争の犠牲になったという構図が刷り込まれています。

ところがよく考えてみるとそうじゃないですね。兵役法のシステムは、ひとりひとりの国民が軍隊そのものだったことを意味しています。軍人のほとんどが一般国民です。だから全員が職業をもっている。

玉砕した戦場に、たくさんの死体が転がっている。しかし、彼らはそもそも軍人ではない。魚屋であり、郵便局員であり、市電の運転手であり、学生である――私はこんな記述を、小説の中で繰り返し書いています。それが真実だからです。

昭和二十年（一九四五年）、本土決戦体制となった最終局面で、日本にはどれだけの軍人がいたのか。驚くなかれ師団の数にして、百七十二個師団です。考えられない数ですよ。

それ以外に、機動力があって運用の簡単な独立歩兵大隊が百十七ありました。しめて陸軍の総員は五百万人と言われています。

本土決戦で敵に痛撃を与え、外交交渉を有利に進めるというのが政府の方針でした。内地に結集された陸軍兵力は、二百二十五万人に達していました。部隊配置や命令系統は複雑をきわめていましたから、編制した中央の参謀本部にも、正確な全容はわからなかったのではないでしょうか。

たしかに、沖縄を占領した米軍が九州に上陸すれば、ほぼ完成している陣地と複雑な地形を盾に、一戦交えることもできたでしょう。しかし、サイパン島やテニアン島から毎日のようにB29が飛んでくるのです。圧倒的な空軍の援護下で、相模湾や九十九里への上陸作戦を米軍がとったら、日本の陸海軍は関東平野を守れません。

たちまち東京は陥落して、国家の機能は喪失します。

本土決戦という方針は、外交交渉によって国体を護持するという目的があったからです。すなわち天皇制の維持を確約させようとしたわけです。

軍も政府も、連合国による敗戦後のドイツの処遇に震え上がっていました。ヒトラーは自殺し、ナチスは徹底的に解体されたので、日本も同じことになるのではないかと恐れたのです。しかしドイツは、ナチスによる一党支配という政治的背景があり、なによりベルリン陥落まで戦ったことが大きかった。

おそらく昭和天皇はドイツと日本との国家構造の違いについて、はっきり認識しておられたのでしょう。ポツダム宣言受諾、無条件降伏という決断を下されたのは、遅きに失したとも言えましょうが、政府と軍のそうした基本方針を覆したのですから、英断であったと思います。

終戦時、内地の陸軍兵力が二百二十五万人ということは、外地に二百七十五万人いたことになります。軍人のほかに、およそ四百万人の民間人もいたと言われています。

八月十五日の玉音放送の後、日本人は祖父母の世代も父母の世代も、生き延びるための新たな戦いを始めました。

参謀たちのクーデター計画

ポツダム宣言というのは、連合国側が日本に戦後処理の方針を示し、無条件降伏を迫ったものです。アメリカのトルーマン大統領、イギリスのチャーチル首相、ソ連のスターリン共産党書記長が、ドイツのベルリン郊外・ポツダムで会談して決めた内容を、無線によって中国国民政府の蔣介石《しょうかいせき》主席の同意を得て発表されました。

ドイツの日付けで七月二十六日です。このときは米・英・中の三か国共同宣言でしたが、ソ連も八月九日の対日参戦と同時に加わってくるんです。

ポツダム宣言を伝えた外国通信社のニュースを、日本が傍受したのが七月二十七日早朝です。日本政府の方針は黙殺でした。鈴木貫太郎首相の「ただ黙殺するのみ」というコメントが広島、長崎への原爆投下につながったという説もありますが、トルーマン大統領による原爆投下命令は七月二十五日に出ていましたから、直接の関係はなさそうです。

ただ、トルーマンはこの日本政府の反応を読みきっていた可能性が高い。原爆投下の口実に黙殺発言が使われたのではないでしょうか。

原爆が八月六日に広島に落とされ、一瞬にして十数万人が亡くなりました。九日は長崎にも落とされました。日ソ中立条約を破って、ソ連が南樺太・千島列島、満洲国・朝鮮半島北部などへと侵攻してきます。戦況が好転する見込みなどありません。

八月十日未明、御前会議での昭和天皇の決断によって、ようやくポツダム宣言受諾が決まるわけです。

しかしその後も、抗戦派の抵抗が続きました。

陸軍省の参謀たちはクーデター計画を練り上げていました。クーデターといっても隊付将校らが起こした二・二六事件のような単純なものではありません。

国家の意思は戦争継続にあると、法的な根拠をもって運べるものでした。それが、陸軍大臣のもつ「応急局地出兵権」です。すなわち、ポツダム宣言の受諾による終戦の決定が一部の反戦主義者の謀略であると認識すれば、陸軍大臣は独断で治安維持のために兵力を動員することができたのです。

抗戦派は阿南惟幾《あなみこれちか》陸相を動かして、「応急局地出兵権」を行使しようと図りました。閣内では陸軍を代表して徹底抗戦を主張していた阿南陸相でしたが、真意ではなかったようです。戦争の始末をつけられるのは鈴木貫太郎内閣だと考えていましたから、強硬な意見を述べたてることで、陸軍の倒閣運動を押さえ込んでいたわけです。

昭和天皇の決断の後、阿南陸相には戦争を続けるつもりはありません。

「このままでは日本民族も日本も滅びてしまう。自分一身のことや皇族のことなど心配しなくともよい」とまでおっしゃった天皇の意思にそむくことなど、考えられなかったでしょう。戦争は、究極の形態ではありますが国家としての外交手段なのだから、一方が滅びるまでの戦争などはありえません。

八月十五日正午からの玉音放送はトップシークレットでしたが、前日、その内容を察知した徹底抗戦派は近衛師団長を殺害、ニセ命令を出して皇居を襲撃します。玉音放送の録音盤を奪取しようとしたのです。さらに内幸町《うちさいわいちょう》の放送会館を一時占拠しています。「応急局地出兵権」に基づくニセ命令が出される可能性もありました。そうなると、さらに日本人の血が流れ、命は失われ、本当に国も民族も滅びてしまう。反乱軍を説得する時間もない。

阿南陸相は八月十五日早朝に自決しますが、これはクーデターの法的根拠となる「応急局地出兵権」を消滅させてしまうためだったのではないか、というのが私の仮説です。陸軍大臣が空席となれば、戦争継続のためのクーデターは論理的に崩壊しますから。

戦争が終わったのに攻めてきた占守島の戦い

玉音放送によって、日本人は一斉に銃を置いたことになっています。世界の感覚からは信じられないほど粛々と武装解除が進んだのですが、これはあくまでも内地のこと。よく知られているように、満洲は大変悲惨な状況でした。侵攻してきたソ連軍の勢いは八月十五日を過ぎても止まりません。

満洲や樺太に展開していた日本軍は、防衛戦に追われました。ソ連軍の司令部は「日本軍は戦闘行動を止める気配がない」として、攻勢を続けましたから、日本軍は自衛のために戦うしかなかったのですが。

多くの民間人が戦闘に巻き込まれたり、避難中に病気になったり、あるいは略奪・蹂躙《じゅうりん》されるなどで命を落としました。肉親と離別、死別して中国の養父母に育てられた、いわゆる中国残留孤児もこのときのできごとです。

終戦直前に始まり、八月十五日以降も続いた旧満洲の関東軍の戦いは、事実としてよく知られています。九月二日、戦艦ミズーリの艦上での降伏文書調印を経てもなお、無視して継続されました。ソ連軍の攻撃が完全に停止したのは九月五日になってからです。

止めたのに止まらなかった戦争でした。

しかし、それとは根本的に違う「戦争が終わったのに攻めてきた戦い」があったのです。『終わらざる夏』で描いた、占守島の戦いです。

戦後ずっと問題になっている北方領土、北方四島のずっとずっと北部、北千島のいちばん先に占守島という島があります。

先住民は千島アイヌと呼ばれたアイヌ民族でした。彼らの呼び方に漢字を当てたわけですが「シュムシュ」とは、「母なる島」「美しい島」という意味があるそうです。

千島列島は火山列島です。峻嶮《しゅんけん》な山脈があって、飛行場も作れなければ船も簡単には寄りつけないという島がほとんどなのですが、この占守島は、いちばん高いところでも海抜百何十メートルという平べったい大草原の島です。だから「母なる島」という優しげな名前がついたのではないかと思います。

地図で見ると、千島列島は非常に長い。根室海峡からカムチャッカ半島南端の千島海峡まで、島々がつながるように並んでいます。その最北端に位置する国境の島が占守島です。北海道の東端までは千キロ以上ありますが、カムチャッカ半島南端のロパトカ岬へは、ボートを漕《こ》いでも渡れそうなほどの距離です。

その占守島に、昭和二十年（一九四五年）八月十八日、カムチャッカ半島に集結したソ連軍が武力上陸してきました。

武装解除に来たわけではありません。武力占領に来たんです。しかしすでに戦争が終わってから三日が経っている。ソ連側の資料を見てもまったく謎の戦闘です。

この占守島には日本軍がいました。それも皮肉なことに、戦車部隊を含む精鋭師団がいたのです。南洋の島々では、武器も食糧もない戦いを続けていた日本軍ですが、ここには満洲から転用された精鋭の部隊と装備がありました。

なぜかというと開戦からしばらくの間、アメリカ軍はアリューシャン列島からカムチャ

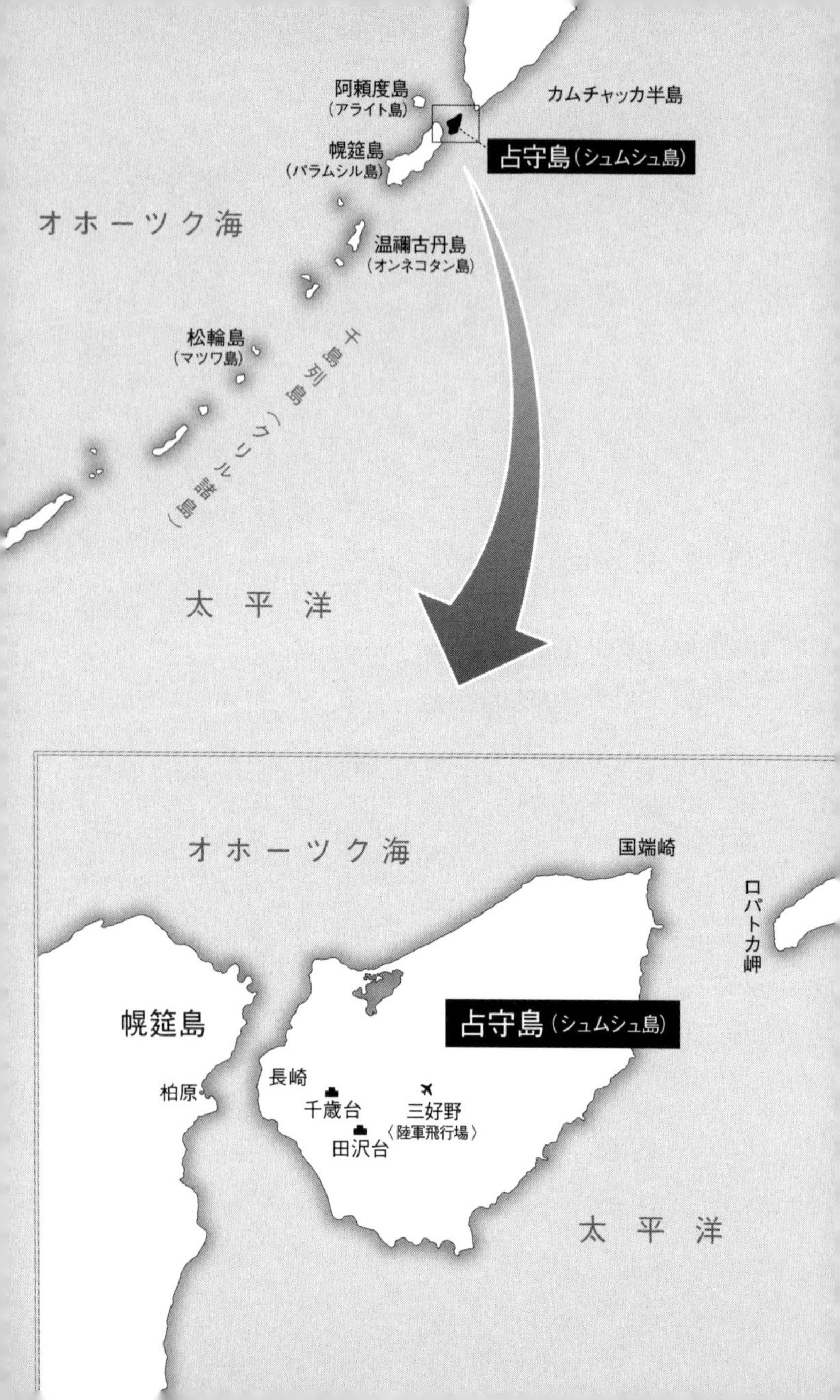
阿頼度島
（アライト島）
カムチャッカ半島
幌筵島
（パラムシル島）
占守島（シュムシュ島）
オホーツク海
温禰古丹島
（オンネコタン島）
松輪島
（マツワ島）
千島列島（クリル諸島）
太平洋
オホーツク海
国端崎
ロパトカ岬
幌筵島
占守島（シュムシュ島）
長崎
柏原
千歳台
三好野
〈陸軍飛行場〉
田沢台
太平洋

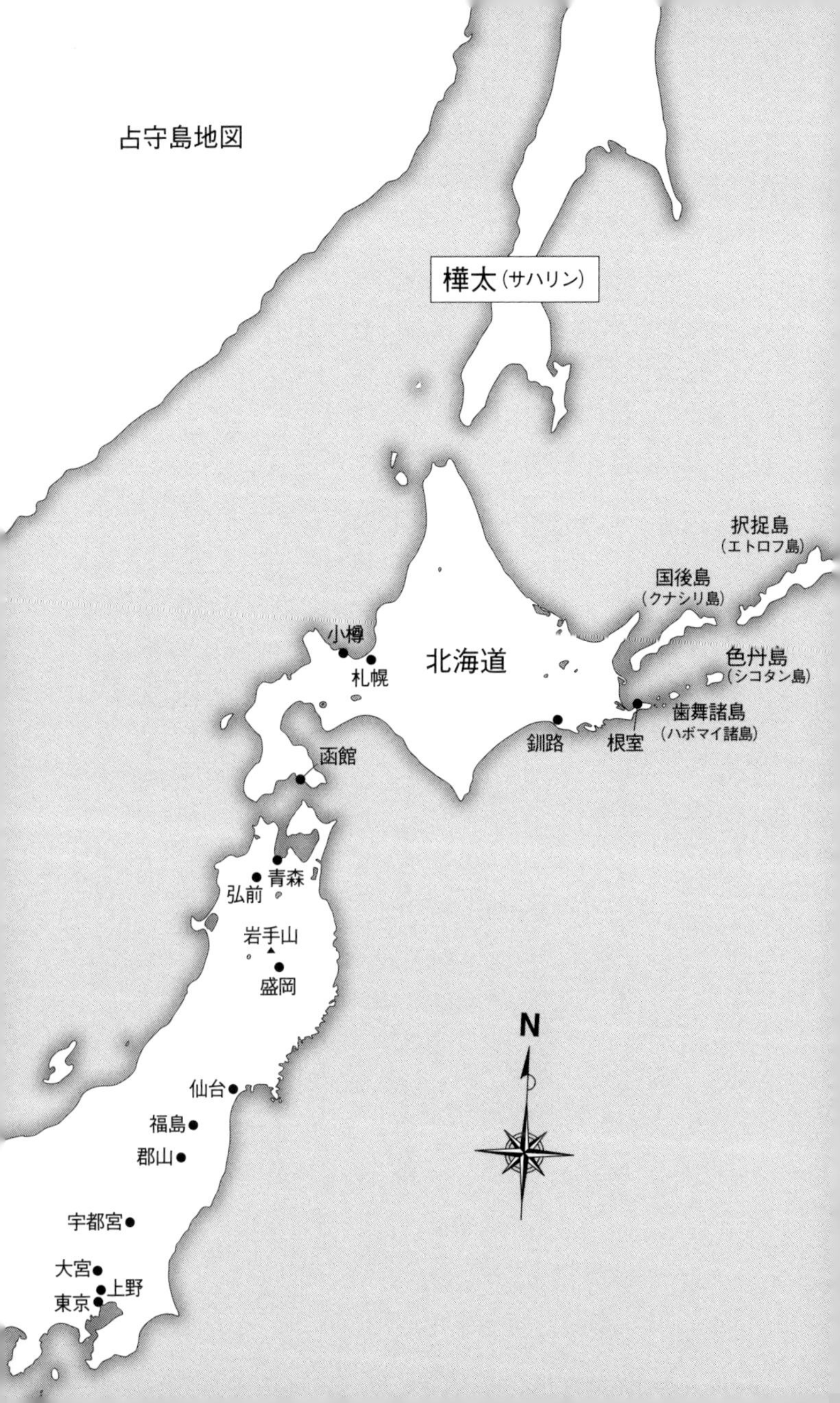

占守島地図
樺太（サハリン）
択捉島
（エトロフ島）
国後島
（クナシリ島）
色丹島
（シコタン島）
歯舞諸島
（ハボマイ諸島）
小樽
札幌
北海道
釧路
根室
函館
青森
弘前
岩手山
盛岡
仙台
福島
郡山
宇都宮
大宮
上野
東京
N

ツカ半島、千島列島、北海道と北側から攻めてくると、大本営が分析していたからです。開戦の約八か月前に結ばれた日ソ中立条約があるから、ソ連との戦争は当面はないという前提のもと、敵となるアメリカ軍は南側から来るとはあまり考えていなかった。

これには理由があります。

真珠湾攻撃のため、南雲忠一《なぐもちゅういち》中将率いる日本海軍の機動部隊が集結したのは、択捉島《えとろふ》の単冠《ひとかっぷ》湾です。つまりハワイへの最短距離なんですね。アメリカに行った方はご存じだと思いますが、旅客機は千島上空を飛んでいきます。だから船で攻めるにも飛行機を使うにしても、最短距離のアリューシャン、千島経由であると大本営が考えたのも無理はありません。

しかも開戦当初に日本が奪ったアリューシャン列島を、アメリカに奪い返されるという昭和十七〜十八年（一九四二〜四三年）の戦局があったので、必ず千島に来ると信じられた時期があったんです。

そのため最前線となる占守島に、優秀な日本軍が集められました。満洲から抜いてきた一大兵力です。

日本の精鋭部隊がソ連軍を圧倒した

昭和十二年（一九三七年）以来、ずっと日中戦争が続いていましたから、大軍が中国大陸に出ています。依然としてソ連も脅威でしたから、旧満洲、今の中国東北部に、関東軍という強い軍隊を張り付けて、対ソ戦の警戒にあたっていました。

ご存じの方も多いとは思いますが、関東軍というのは、関東地方から出兵した兵隊さんで編制された軍という意味ではありません。

関東軍の「関」というのは、山海関《さんかいかん》の「関」ですね。華北と東北を分ける万里の長城の最東端、海のところに設けられた関所です。中国の北方民族と漢民族の戦いは、必ずこの山海関の取り合いから始まるという戦略上の要衝です。

この山海関から東に展開した日本軍であるから関東軍ですね。第二次世界大戦の開戦時、帝国陸軍はこの関東軍のほか、南方軍、朝鮮軍、台湾軍、支那派遣軍という軍をもっていました。

関東軍は、強大な陸軍力をもつ仮想敵国・ソ連と真っ正面に対峙《たいじ》していたので、練度、装備とも優れていました。世界最強の軍隊だと言われていた時期もあるくらいです。

そこから抜いてきたのです。だから、この占守島にいたのはほとんどがバリバリの現役兵。つまり、召集で引っ張ってきた弱兵ではなくて、徴兵検査に合格して入営したつわものです。しかも指揮官の多くは陸軍士官学校の出身者たちです。当時は軍隊がどんどん膨張して指揮官の数も不足していますから、昭和二十年（一九四五年）には陸軍士官学校を出たという将校は少なくなっていましたが、占守島には専門教育を終えた優秀な将校が揃っていました。

装備もすばらしい。ほとんど無傷で最新鋭の戦車聯隊、戦車第十一聯隊を、満洲からもってきた。資料に誤差があるので正確な数はわかりませんが、約六十両とされます。もちろん最高の操縦技術をもった軍人ばかりです。

南方戦線にしても本土決戦が叫ばれた内地にしても、ろくな戦力はなかった戦争末期に、どうしてそっちに転用できなかったのかというと、情けない話ですが船がないんです。輸送船はことごとく沈められていましたから、北海道にすら戻すことができない。

昭和二十年のぼろぼろになってしまった帝国陸軍の中で、奇跡的に開戦当初のような軍隊が一個師団以上、つまり二万人くらい、奇跡の戦力が国境の島に残っていました。そこにソ連軍が攻めてきた。

この戦いに日本軍は圧勝します。

防衛庁の戦史室が編纂《へんさん》した『戦史叢書《せんしそうしょ》』によりますと、ロパトカ岬から大砲を撃って、八千の兵力が上陸してきました。しかしこの大砲、精度を欠いているのか、練度が低いのか、ともかく当たらない。

日本軍は、戦争は終わっているので撃ち返してはならない、歴史が占守島の戦闘は正義であったと認めるほどの客観的事実が必要だとして無抵抗でした。

とはいえ、札幌の軍司令部から自衛のための戦闘はやむなしという連絡が入っていたので、沿岸砲を撃ち返したところ、敵の砲台はあっという間に沈黙してしまった。そのくらい日本軍は兵も装備も優れていたんです。

戦車聯隊ももっている完全な師団、二万人以上の最精鋭部隊の日本軍に対して、上陸したソ連軍は八千名です。日本軍の兵力は、ソ連軍も哨戒機《しょうかいき》を飛ばして確認しているはずですが、いかにも無謀な不可解な行為でした。

戦闘の勝敗は、かなりの部分が兵器で決まります。もちろん私は、戦争の体験はありません。ただ昔、自衛隊におりましたので、多少の知識は教わっております。

それによりますと、陸上戦闘において、相手から戦車が出てきたらおしまい。もう何をやってもダメというのが歩兵の立場なんですね。対戦車砲という兵器がありますが、これで戦車を潰せるか、勝てるのかというと実はこれも大変難しい。

というのも戦車の装甲は、必ず正面が厚くなっていますから、どこかに隠れていて横から装甲の弱いところを撃たなくてはいけない。かなりの近接戦闘で、自分が殺される前に戦車を潰すという気持ちでなければ対戦車砲というのは無効であると教わりました。

したがって六十両もの戦車は、ソ連軍にとっては大変な脅威なのです。戦争末期、日本軍が苦し紛れに敢行した切込突撃が逆になったようなものですが、そんなことをする必然性はまったくありません。やはり戦闘としてはおかしいですね。

なぜソ連軍が攻めてきたのか、ソ連側の戦史を調べていっても理解できません。

背景にモスクワの政治的な意図？

事実、この戦争は八月二十三日まで続くのですが、皮肉なことに日本軍の圧勝でした。ソ連軍がほとんど抵抗できないくらいの圧倒的な強さで、あと一日あれば海に追い落としていたくらいの戦いでした。

しかし、八月二十三日に戦闘停止命令がかかって、翌二十四日に武装解除されるという結末になります。日本兵の犠牲者は約千人、ソ連は公開していないのでよくわかりませんが、戦況からすれば日本軍の三倍くらい犠牲者を出しているはずです。

八千人が上陸して、三千人が戦死というのは軍隊の論理で言えばもう玉砕です。部隊としての戦闘機能を失っている状態ですね。

あえて言うなら快勝して幕を閉じた、帝国陸軍最後の戦だったわけです。しかしその後、占守島の日本軍は、勝ちながらソ連に抑留されてしまいます。千人を単位とする作業隊に再編され、九月中旬からソ連領内へと移送されたのです。

満洲や樺太からの抑留者も合わせて六十万人とも言われる人々が、最長で十一年も抑留され強制労働させられました。降伏による捕虜であったとしても、あまりにも無法でした。戦勝国にそんな権利はありません。飢えと寒さの中で、およそ六万人もの人々が亡くなったと言われています。

占守島の戦いを知ったとき、最初に私が考えたのは、軍使として行った者が交渉中に、偶発的に戦闘が始まったのではないかということです。

でも、そうではないんですよ。最初にロパトカ岬から砲を撃ち込んで、艦砲射撃もあり、爆撃もして上陸させているので、これはやる気で来ている。だとすると、上陸兵力八千人とはいくらなんでも少なすぎます。

おそらくこれは、ソ連が「これだけの血を流しました」「戦死者を出しました」という事実を作ろうとしたのではないか、という仮説を私は立てました。

ただ日本を降伏させて、降伏調印式をしたということになれば、千島列島は戦後どこに帰属するのかわかりません。そもそもソ連に帰属するといういわれは何もないんです。

しかし、日本軍と戦って「血潮に交《か》えて千島を占領したのだ」ということになれば話は別でしょう。ソ連の領土になるという理屈もつけられる。つまりモスクワが、そのように意図して仕掛けた戦争だったのではないかと思うのです。

戦争が終わっているのに攻め込まれ、戦わなくてはならなかった日本軍は痛ましいし気の毒です。しかし、もし戦後処理を有利に進めたいというモスクワの政治的な意図が働いていたとしたら、ここに上陸させられた八千人のソ連兵というのは〝人柱〟でしょう。これほどかわいそうな兵隊、哀れな軍人はいないだろうという気持ちになりました。

そこで『終わらざる夏』の後半は、ソ連兵の視点で物語を展開する形で書くことに決めました。

二度と戦争を起こさないために

前述のように、八月九日にソ連軍が満洲国境を突破してなだれ込んできます。三方面軍、総数百六十万人と言われています。

約三万人の師団がいくつか集まった上に軍という編制があり、その上が方面軍です。三方面軍、百六十万人といえば、おそらく世界史上でも最大の作戦であったと思います。映画『史上最大の作戦』といえば、第二次世界大戦のノルマンディ上陸が舞台ですが、連合軍の数は十七万六千人です。

満洲国境から押し入ってきたソ連軍が百六十万人もの大兵であったということも、私たちはまず誰も知りません。教えられてもいません。

その一部として占守島の戦いが起こり、千島列島はすべてソ連に占領されました。今もって択捉島、国後島《くなしり》、色丹島《しこたん》および歯舞《はぼまい》群島だけ返してくれという交渉が延々と続いているわけです。こうしたことを私たちは知っておかなくてはいけません。

ただしソ連の立場を少しだけ言い訳しておきますと、第二次世界大戦で戦死者がもっとも多かったのは、間違いなくソ連です。

日本は軍人・民間人合わせて約三百万人の犠牲を出しました。ドイツでは八百万人が死んだと言われています。ドイツは北方を部分的にバルト海と北海に接し、そのほかはすべて他国と陸で接しているがために、それだけ苛烈な戦闘になったのでしょう。

ソ連は開戦直後からドイツ軍と熾烈《しれつ》な戦闘が続いたため、非常に大きな犠牲を出したのですが、記録としては正確には残っておりません。二千百万〜二千八百万とも言われてきましたが、最近、社会的増減から推測できると考えた学者の研究が発表されました。

これによると、二千六百六十万人が死亡したとされています。正確かどうかはおくとして、一定の根拠のある数字でしょう。

とんでもない数字です。だからといってソ連の無法が許されるわけではありません。世界中でいったいどれだけの人が犠牲になったのか、正確な数字は誰にもわからないのです。大きなものであれ小さなものであれ、戦争なんてものは二度と起こしてはならない。私たちは、そう心がけていなければなりません。歴史を知るのは、自分たちの立ち位置を知るためであって、正当性を声高に言いつのるためではないのです。

榎本武揚の偉業

話を占守島に戻します。

この千島列島がいつ日本のものになったか、これは意外と知られておりません。北方領土は、あまりにも長く日ソ関係、日ロ関係においてナーバスな状態が続いたために、タブ

―のようになっていますが、知るべきです。

千島列島は日露戦争の戦利品ではありません。

箱館（函館）の五稜郭で明治二年（一八六九年）まで戦っていた幕臣、榎本武揚《えのもとたけあき》はご存じでしょうか。

一緒に戦っていた元新選組の土方歳三は箱館戦争で斃《たお》れましたが、榎本武揚は死に損ねます。新政府に楯突《たてつ》いた〝賊軍〟の指揮官ではあるのですが、あまりにも優秀な人材だったので助命され、後に明治政府に登用されました。

幕府留学生として四年半にわたってオランダに留学し、国際法、軍事、造船などを学んだ、とても優秀な人物です。幕府が発注した軍艦「開陽丸《かいようまる》」とともに帰国したのは、薩摩・長州を中心とする倒幕運動の真っ最中でした。

彼が新政府に抵抗したのも、「せっかく自分が軍艦の技術を仕入れ、いろいろ勉強してきたのに、なんで薩長の世の中になるんだ」とばかりに軍艦もろとも北海道に逃げ、箱館政権を樹立したというのが真相ですね。

ともあれ明治政府に登用された榎本武揚は、高官を歴任します。そんな彼の偉業が、明治八年（一八七五年）の千島樺太交換条約です。

当時、樺太は日本とロシア、どちらの国にも帰属していませんでした。めぼしい資源もなく、経済水域がどうのという時代でもありません。あまりに緯度が高すぎて気候も厳しい。せいぜい日本やロシアの漁民が来て混住していたというくらいの土地でした。

一方の千島列島は、サケ、カニ、タラといった水産資源が豊富です。それ以上に軍事上の意味が大きい。狭い海峡を隔てて、だいたい均等な間隔で島が並んでいるので、ここを押さえておくと、太平洋とオホーツク海を分かつ壁をもつことになります。つまり軍事的に価値の高い要衝でした。

特命全権公使として帝政ロシアの首都・サンクトペテルブルクに渡った榎本武揚は、「樺太はどちらのものでもないけれど、全部を帝政ロシアの領土として認めましょう。その代わり、この千島列島は全部日本の領土です」という条約をまとめたのです。

これはすごい外交手腕です。もともとどちらのものでもなかった樺太はロシアのもの、ロシアのものだった千島列島は日本のものとしたわけですから。榎本武揚がどういう手を使ったかはわかりませんが、これはすばらしい外交の結果でした。

日露戦争より三十年も前に、平和的な条約の結果、千島列島が日本のものだと確定しました。もっとも「どちらのものでもないだろう。ここには千島アイヌという先住民がいたんだよ」と言ってしまえばそれまでですが、近代的な領土としては、この千島樺太交換条約で確定するのです。

ちなみに戦後ずっと問題になっている北方領土、すなわち択捉島、国後島、色丹島、歯舞群島は一八五五年の日露通好条約以前から北海道の延長とみなされていて、これが外国の領土だったというためしは、ただの一度もありません。

「外交能力がない」と見透かされている日本

私たち戦後生まれの世代が、今の幸福、日本の繁栄はどこから来ているのか何も知らない。知らないから考えない。それゆえに歪《ゆが》みがたまりにたまったのが現在の状況でしょう。繰り返し述べてきた通り、私たちにまず必要なのは、歴史をきちんと知って、考え方の整理をつけることです。

戦後の繁栄は、日本の政治システムが戦前との一貫性を断ったと世界から認められたことでもたらされました。それは事実です。でも、どさくさにまぎれて、歴史的に認められてきた主権の及ぶ範囲までも踏みにじられてしまった事実も認識しておかなくてはいけません。

いわゆる北方四島は「日本の固有の領土」という言い方がよくされます。でも本当は千島列島全体が日本固有の領土なのです。明治八年（一八七五年）の条約の結果ですから。

だから第二次世界大戦後、領土問題が出てきたとき、最初に北方四島という言い方をしてしまった点から間違いだったと思いますね。最初から譲歩した感じです。

しかもその四島にこだわって以降も、ビッグチャンスが二回ありました。

ひとつは沖縄返還のときです。占領国のアメリカが、占領地を日本に返還した。であればソ連から返還されてもよかったのではないか。沖縄返還の続きで、返還交渉がなされなければいけなかったと思います。

もうひとつのビッグチャンスはソ連邦の崩壊です。このときは、何らかの条件を満たせば確実に戻ってきたと思います。ただそのあたりで、「買い戻せ」とか「二島でいい」とかバカなことを言うから話がどんどんおかしくなってしまった。

しかも世界は、北方領土問題に関して「日本はこんな簡単な話も決着をつけられないのか」という目で見ています。だから竹島問題が起き、尖閣問題が起こるのだと思いますね。「日本は領土意識が甘い」「外交能力がない」と見透かされているのでしょう。

その意味からも、いまだに北方領土問題が存在しているのは残念ですね。

あの世の榎本武揚がいちばんがっかりしているのではないでしょうか。

「俺の命は箱館で捨てた」という気持ちで、榎本武揚はサンクトペテルブルクに行ったと思いますよ。それでなくてはこんな条約は実現しません。

そういう経緯を考えて「日本固有の領土」と言うなら、千島列島全部が日本の固有の領土でしょう。きちんと外交条約が結ばれて日本のものになったのです。

戦争で奪ったものではありません。「日露戦争の結果、割譲した樺太の南半分を、第二次世界大戦で勝ったのだから返せ」という理屈は、成り立たなくもないでしょう。しかし千島列島と第二次世界大戦は、まったく関係ありません。

ソ連が、そしてロシアが千島にこだわるのは、あくまでも海軍の太平洋への出入り口だからです。同様に、尖閣に中国がこだわるのも、海軍が行動する海路の確保であろうと思います。

あまり政治向きな話はやめましょう。小説家が政治を語るのは、ちょっと興ざめですから。

タブーを作らず、父祖の戦った戦争を伝えていく

私は先年、パラオ諸島のペリリュー島という玉砕の島に墓参してまいりました。

聯隊は本籍地の単位で編制されています。たとえば東京の歩兵第一聯隊は、東京の西半分、つまり山の手と多摩出身者、歩兵第三聯隊は東京の東半分、下町の出身者という具合

です。だから歩兵第一聯隊の人が戦死したというと、フィリピンのレイテ島で亡くなったというケースが多いんです。どこかの島で玉砕したというとき、基本的に同郷人なのです。

ペリリュー島には、水戸の歩兵第二聯隊を基幹とした守備隊一万一千人がいたのですが、アメリカ軍の上陸部隊との間で壮絶な戦いの末、昭和十九年（一九四四年）十一月に玉砕します。

多少の事前知識はありましたが、現地の人に「ここでいったい何があったんだ」と客観的に聞いてみましたら、「アメリカ軍と日本軍とで二万人が死んだ」という答えが返ってきました。

実際に行ってみると、ペリリュー島は細長い葉巻のような形の島で、高低差もさほどありません。歩いて横切れるほどですが、ジャングルに被《おお》われています。そのジャングルの中にゼロ戦や高射砲の残骸が、手つかずで残っていました。

日本軍で生き残ったのはたった二百人ほど。玉砕でした。

変な比較ですが、島に伺ったのが東日本大震災の後でした。この震災の死者・行方不明者は一万八千人以上と言われていますが、具体的な数字を思い浮かべてしまいました。小さなペリリュー島で二万人もの人が戦死した、これはもう足の踏み場もないような悲惨な状態だったのではないかと思いました。

最後まで日本軍の司令部があったという壕のある山頂まで行ったところ、壕の崖下にミシンが一台捨ててありました。

赤錆《あかさび》でぼろぼろでしたが、アメリカ製のシンガーミシンでした。後から調べたのですが、そのシンガーミシンは、日本軍の縫工兵、縫物をする技術をもった兵士ですね――が使ったアメリカ製のミシンだとわかりました。

これはショックでしたね。軍隊はすべて自給自足するひとつの集団ですから、いろんな職種の人がいます。縫工兵だった人は、一般社会では洋服の仕立て屋さんだったかもしれません。その人も水戸聯隊の一員としてペリリュー島に渡り、ミシンを踏んで兵隊たちの軍服の繕いものをしていたのでしょう。

そして、とうとう最後にミシンを崖の下に投げ落として、銃を取って戦い、亡くなったのだろうと思いました。戦争とはそういうものなのですね。

私たちは歴史を教えられなかったがゆえに、イメージだけで戦争というものを捉えてしまっている。

占守島の戦いを私が知ったのは、自衛隊にいたときです。これはいつか書かなくてはいけない。小説という形で書かなければならないなと、思い続けてきました。

戦争を知らない世代である私が、書くことに戸惑いながらも資料をできる限り調べ、そこから浮かび上がる父母の時代、そこに至った祖父母の時代を描いたのは、私たちはもっと具体的に、父祖が戦った戦争を理解し、伝えていかなければいけないと思ったからです。

終戦時、終わらなかった日ソ戦のありさまは、ほとんど知られていません。なぜ知られていないかといえば、政治的な問題です。日本とソ連、ロシアは二度にわたって戦争をしている、いわば仮想敵国です。距離も近い。まして北方領土返還問題という大きな問題を抱えています。だから、あまり触れないほうがいいのではないかという政治的な思惑が、どこかで働いて、タブーにしてしまったのでしょう。

ひとつの証拠が、『樺太1945年夏　氷雪の門』という映画です。昭和四十九年（一九七四年）に作られたものの、ほとんど公開されませんでした。

これは終戦の八月十五日以降、南樺太に武力侵攻をしてきたソ連軍が、停戦の白旗を掲げた日本軍の軍使を撃ち殺して、住民たちの間に大変な犠牲を出した悲劇が描かれています。電話局の女性交換手たちは、つぎつぎと殺害されていく市民の状況を通信で知って、青酸カリによる自決に追い込まれるのです。

この映画は完成したとたんに全国公開が中止、お蔵入りになりました。政治的な圧力がかかったとも、配給会社が自粛したとも言われました。映画を作った方、協力された方、キャストの方、本当に無念だったと思います。平成二十二年（二〇一〇年）の夏、渋谷で単館上映されたとき、私も観に行きましたけれども、とてもいい映画でした。

今、私は日本ペンクラブの会長をさせてもらっていますが、ペンクラブとは文筆家のサロンではありません。表現の自由を守ろうというグループです。

だからもし今、こんなことが起こったら断固抗議いたします。ある作品が、政治的に公開してはならないなどという理屈は、決して許してはいけません。

映画『樺太1945年夏　氷雪の門』より

第三章　中国大陸の近代史

中国の歴史を知らずして漢詩は理解できない

第一章で述べましたが、私は中学・高校時代に、漢詩漢文を読みあさっていました。中でも好きだったのは南宋の陸游《りくゆう》という詩人です。陸游は、星空の歌をよく詠《よ》むんですよ。

「銀河沼沼《ちょうちょう》として夜気《やき》澄《す》む、三々五々《さんさんごご》満天の星」

叙景詩は日本語で読み下したときにまったく同じ、寸分違わぬイメージを抱くことができます。銀河の詩人と言われ、ロマンチックな星空を謳い上げる陸游に、私はすっかり魅了されていました。

ところが彼は、ときどき激烈な政治詩を詠んでいまして、これが興ざめするんです。ちょうど私の高校時代、敬愛する川端康成さんがベトナム戦争反対の記者会見をしたことがあります。川端さんが日本ペンクラブの会長だったときですが、それを聞いた私は「立派なもんだ」などとは思わなかった。反対に興ざめしてしまいました。

私が求めているのは、反戦運動をする川端さんではなくて、きれいな文学を書いてくれる川端さんでしたから。少しがっかりした記憶があります。

陸游にも、同じような「がっかり」を感じたんですね。星空の歌を詠んでいてほしかったのに、世の中を憂えて悲憤慷慨《ひふんこうがい》するような政治的な詩を書いていた。で、がっかりしてしまうのですが、どうしてそんな詩を書いているかと思ったら、ちゃんと理由がありました。

陸游は北方の異民族、女真族の建てた国家・金《きん》に追われた南宋の官僚だったんです。衰えた自国を嘆き、憂える詩を書いて当たり前です。

ここで私は、はたと気がつきました（裏を返せばそれまでまったく気づいていなかったということですが）。中国の名だたる詩人はほぼ全員が政治家、官僚なんです。なぜかというと、科挙という登用試験制度があったからです。

官僚、すなわち役人になるためには必ず科挙を受けなければなりません。合格はできなくても、立身出世を望む人は幼いころから詩文を学ばなければならないのです。

今、日本で役人と政治家は違いますね。役人という行政のプロフェッショナルと、政治家という民意を反映する人々とが別々で、兼職は禁止されています。裁判で法を司《つかさど》る人々も分離しています。小学校から教わる三権分立です。

中国の場合、伝統的に君主と君主を補佐する役人にすべての権力は集中しています。科挙に受かると、君主に任用されて政治を行う立場、政権の中枢に入るわけです。本人はもちろん一族にとっても名誉なことでした。

それだけにきわめて厳格な、非常に難しい試験です。それが隋《ずい》の時代から、つい先頃の清の時代まで、日本で言えば聖徳太子《しょうとくたいし》の時代から明治三十七年（一九〇四年）まで、実に千三百年以上も続いていたのです。

科挙の受験科目は、まず四書五経。これを丸覚えしなければなりません。

そして策論と言われる政治論文があります。さらにもうひとつが詩作。オリジナルの詩を作る。つまり配点の三分の一が詩なのです。詩を作れなければ科挙には合格できなかった。

したがって、科挙を突破した中国歴代王朝の政治家、官僚は全員が詩人です。文治国家としての中国の面目躍如であります。すごい国だと思いませんか？　政治家が全員詩人って。これが中国における伝統的文治主義です。

ですから漢詩を理解しようとすれば、中国の歴史を理解しないと、その意味が完全には理解できない。中国文学を読もう、研究しようという人は、必ず中国の歴史も同時に学ばなければならないのです。

科挙――この怪物のような制度

隋から清まで、たくさんの王朝が交代しましたが、一貫して科挙の試験だけは続いてきました。単に継承だけではありません。さらなる公平さを求めて精緻化、複雑化していきましたから、清の末期ともなると、科挙は怪物のような制度になりました。

中国の歴史を知るために、科挙は大事な鍵ですから、『蒼穹《そうきゅう》の昴《すばる》』では物語の中で詳しく説明しております。

ここでも少し説明しておきますと、資格試験の第一関門は「県試」です。別名を「童試」と言われる通り、本来は十四歳以下の少年が対象なのですが、四十歳を過ぎてもここで足踏みしている受験生がいくらでもいました。

県試に合格すると「府試」の受験資格が生まれ、さらにその合格者は「院試」へと進みます。これに合格すると官吏の末席である「生員」の身分になり、ようやく科挙の本試験に進む資格が得られるのです。すでにこの段階で、平民からは「生員様」と崇《あが》め奉られ、不逮捕特権までもっていますが、「官僚出世すごろく」は、まだまだほんの入り口です。

生員は学力判定試験の「歳試」、予備試験の「科試」によって厳しく淘汰《とうた》された後、ようやく科挙の第一次試験である「郷試《きょうし》」を受験します。

もはや選《え》りすぐりの才子ばかりですが、各省の首府で実施される郷試は、三年に一度だけ。だから、ここでの競争率は百倍にも達する恐ろしいものでした。

郷試の合格者は挙人と呼ばれ、翌年、北京貢院（試験場）で、いよいよ科挙の本試験に臨みます。約二万名の挙人から三百名を選抜する「会試」です。

北京貢院は、二万名も収容できる個室を備えた常設施設です。制度の核になっている試験ですから、専用の巨大施設があること自体、いかに歴代王朝が、科挙に力を入れてきたかわかるでしょう。

受験生たちは途中二度の休憩退場を挟んで合計九日間、四書五経、策論、詩作の難解な課題に答案を書き続けるんです。

科挙を実施する政府も、替え玉受験や答案用紙のすりかえを防いだり、採点官に受験者が誰だかわからないようにしたり、膨大な労力と知恵を注いでいました。

郷試、会試は三年に一回ですから、一回失敗すると三年浪人することになります。会試ともなると、幼いころから勉強に勉強を重ね、六十歳、七十歳になってようやくたどり着いた受験生も少なからずいます。もちろん天才的に頭がよくて二十歳やそこらで合格する人もいるわけですが。

人生のすべてをかけて挑むような苛酷な試験ですから、心身に変調をきたす者のほか、ときには命を落とす者すらありました。

科挙の本試験である会試の合格者は貢士と呼ばれ、さらに「会試覆試」という予備試験を経て、皇帝による最終試験である「殿試」へと進むのです。

殿試は長文の策論が一題のみ。皇帝によるご下問なので、答案は必ず「臣対臣聞」――お答え申し上げます、臣の聞き及びますところでは――という一文から書き始めます。解答は指定字数の一千字以上を記して、末尾を必ず「臣謹対」――以上、謹んでお答え申し上げます――という書式でしめくくらなくてはいけません。

策論は、八つの段落で構成され対句の組み合わせに神経を配った、伝統的な八股文《はっこぶん》とい

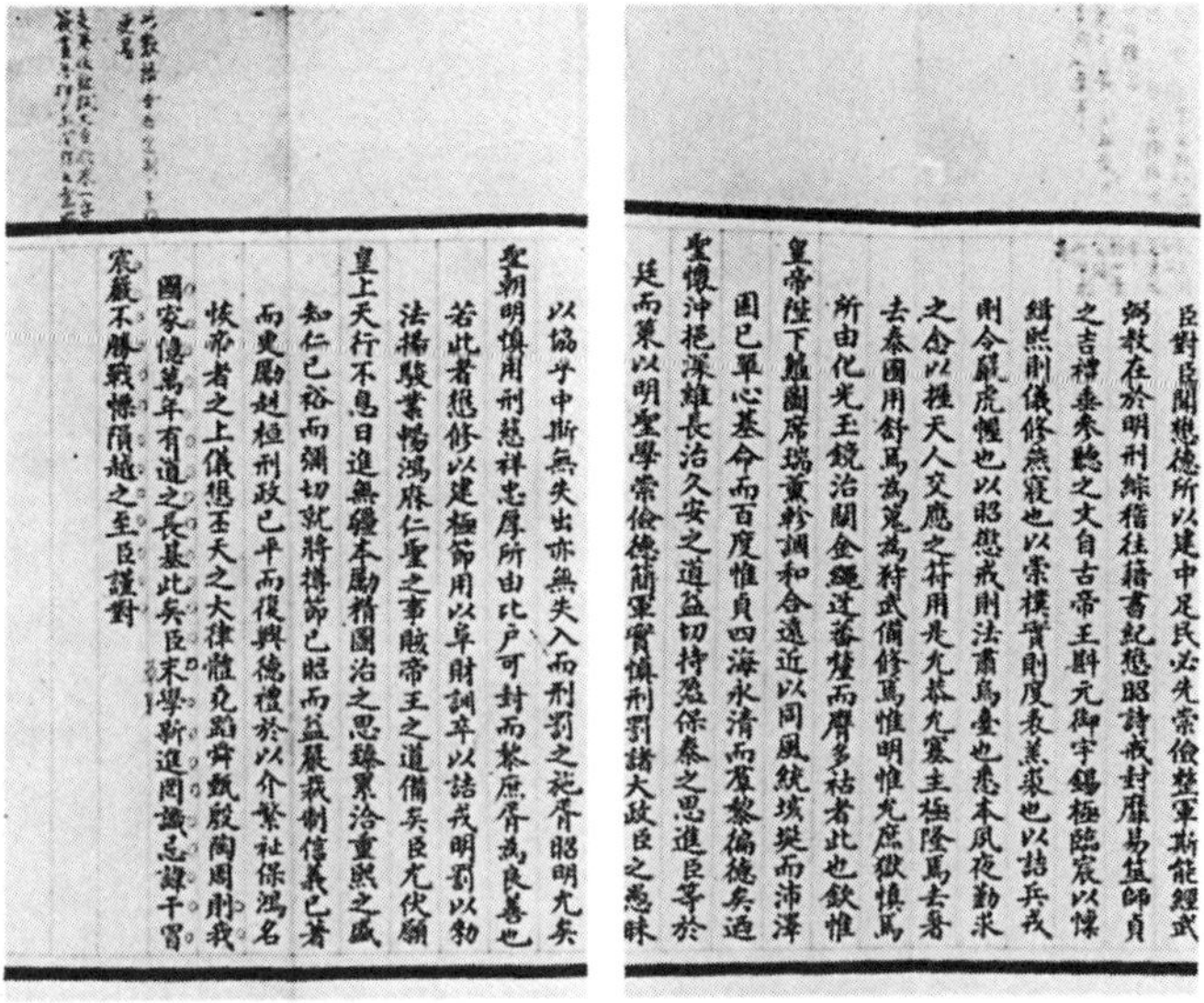

臣對臣聞懋德所以建中足民必先崇儉整軍斯能經武
鋼教在於明刑綵稽往籍書紀懋昭詩載封靡易益師貞
之吉禪垂象魏之文自古帝王膺元御宇錫極臨宸以慄
緝熙則儀修燕寢也以崇樸實則度表蒸裘也以詰兵戎
則令嚴虎幄也以昭懲戒則法肅烏臺也恭本夙夜勤求
之念以推天人交應之符用是允恭允塞主極隆焉去奢
去泰國用節焉蒐狩武備修焉惟明惟允庶獄慎焉
所由化光王鏡治闡金繩迓蕃釐而膺多祜者此也欽惟
皇帝陛下龍圖席瑞鳳軫調和合遐近以同風統域埏而沛澤
國已單心基命而百度惟貞四海永清而羣黎偏德矣迺
聖懷沖挹謙雖長治久安之道益切持盈保泰之思進臣等於
廷而策以明聖學崇儉德簡軍實慎刑罰諸大政臣之愚昧

以協乎中斯無失出亦無失入而刑罰之施胥昭明允矣
聖朝明慎用刑慈祥忠厚所由比户可封而黎庶胥為良善也
若此者懋修以建極節用以阜財訓卒以詰戎明罰以勅
法播駿業暢鴻庥仁聖之事賅帝王之道備矣臣尤伏願
皇上天行不息日進無疆本勵精圖治之思臻累洽重熙之盛
知仁已裕而彌切就將模範已昭而益嚴裁制信義已著
而更勵趨極刑政已平而復興德禮於以介繁祉保鴻名
恢帝者之上儀想至天之大律體堯蹈舜軼殷陶周則我
國家億萬年有道之長基此矣臣末學新進罔識忌諱干冒
宸嚴不勝戰慄隕越之至臣謹對

（右）殿試答案のはじめの部分（左）殿試答案の末尾の部分

う文体で、八面の答案用紙に一面十二行、一行二十四字、経文のように空白のない文章で埋めていきます。古典にある史実を盛り込みながら展開することは言うまでもありません。

いやはや大変な試験です。

この殿試まで来ると全員合格で「進士」と呼ばれます。単純に計算しても数万倍となる競争率を乗り越え、難しい設問に解答し、詩作もできるというエリート中のエリートですから、「月や星すら自由に動かせる」とまで言われたほどでした。

殿試の成績第一位は状元《じょうげん》、第二位は榜眼《ぼうがん》、第三位は探花《たんか》と呼ばれ、皇帝直属の秘書室であり学問機関でもある翰林院《かんりんいん》に採用され、高級官僚となったのです。

歴史ある巨大国家だけに後れをとった

千三百年以上にわたり、異民族の王朝になっても科挙制度が続いたのは、中国の広い国土を統治するために、有能な官僚が必要だったからです。身分に関係なく、優秀な人材を登用するという世界でも先進的な制度でしたが、先に述べたような苛酷な試験だったら、幼いころから優秀な家庭教師をつけて勉強させせられるような、裕福な層でないと受験できませんよね。長く続けば制度疲労も起こります。

十九世紀になると、大規模な社会動乱、経済停滞、食糧不足をもたらす人口の爆発的増加などに苦しんでいたところに、欧米列強がやってきました。

貪欲《どんよく》に成長を続ける過程にあった当時の資本主義は、植民地経営が必然であると信じられていましたから、東洋の大帝国・中国の収奪は、列強にとってまさに地球上に残された最後にして最大の懸案だったのです。

科挙に合格した選りすぐりのエリート官僚は、こうした世界の動きに対応できませんでした。

歴史の示す通り、列強はつぎつぎと租界や租借地を作り、中国を蚕食していきます。租界というのは、都市の一画に設定され、治外法権や行政権をもつ外国人居留地ですね。

租借地とは条約によって借りている土地です。こちらはもう少し広くて植民地のように扱われました。期限はありますが九十九年などという長期間で、総督や行政長官が派遣され、行政権・立法権・司法権も含め統治権は借りた国がもっていました。

列強による収奪の初期、沈香《じんこう》や白檀《びゃくだん》など、香木の産出港だったために香港と呼ばれるようになった小さな港町は、イギリスによってもぎ取られますが、そのやり口はひどかった。輸入超過に陥っている対清貿易を均等化するというわけのわからない理由で、インド産のアヘンが堂々と輸出され、またたく間に清国全土を侵していきます。

一八四〇年、清国側がそのアヘンを廃棄したことからアヘン戦争が勃発、もちろん正当性は清国にあるのですが、正義が必ず勝つわけではありません。

イギリスはたちまち清の軍勢を蹴散らして、強圧的に香港の割譲を迫りました。清が返答に窮している間に大軍を香港島に上陸させ、まったく一方的に香港島の領有を宣言してしまいました。清は猛抗議しますが、イギリスは広東《カントン》、上海《シャンハイ》へと軍を進めて、一八四二年八月、南京条約を締結して香港の領有を確定するのです。

いわばアヘンの押し売りをきっかけにして戦争を仕掛け、国土をもぎ取ったわけです。内乱が起こり、旱魃《かんばつ》と洪水に見舞われ、疲弊したところに、外国から理不尽な戦争を仕掛けられたのですからたまったものではありません。

世界史上でも最大の官僚選抜制度とも言える科挙によって、国を動かす立場になったエリートたちでしたが、結果としてこの動きに対応できなかったのです。論語をはじめとする四書五経は「過去の教え」です。西洋の産業革命以降に〝発明〟された資本主義に後れをとることになりました。

日本は明治維新によって門戸を世界に開き、タイミングよく立憲君主制と議会制度をもった近代国家へと変身に成功しましたが、中国は巨大な国土と長い歴史をもつだけに舵《かじ》を切るまで時間がかかります。いち早く列強に狙われたことと、帝政からなかなか脱せなかったところに不幸がありました。

列強側に回った日本

もともと中国の歴代王朝は、周辺の国々と君臣関係を結んだ冊封体制です。貿易といえば、君臣関係のある国が皇帝に敬意を払って持参した貢ぎ物に対して、返礼を贈る「朝貢貿易」しか認められていなかったのです。

十九世紀、帝国主義の欧米列強が世界に市場を広げよう、さらには植民地にして分け合おうとしているご時世になっても、清は冊封国との貿易しか認めなかったことが、列強による武力開港の背景にあります。

多くの科挙出身者、すなわち政府高官は、幼いころから四書五経で育った忠実な儒教の信奉者です。すなわち、往古の昔こそ国のあるべき姿と信じていますから、彼らの目に映った列強は「遠く西洋から勝手にやってきて、臣下の礼をとろうともしない野蛮な連中」だったのでしょう。

事実、野蛮で横暴でした。しびれを切らしたイギリスは「貿易しようと言っているのに、何様だ」とばかり、アヘン戦争を仕掛けていったという構図です。

同じ時期、国内では相次ぐ大規模な反乱、経済活動の停滞、旱魃や洪水などの災害、人口増加による食糧不足など混乱が続いています。「内憂外患」という言葉は、まさに清朝のためにあったかのようです。

清が経済的に困窮したのは、土地に課した租税の徴収と塩の専売だけに頼った国家経済が限界に達したからでした。不作になれば国民は飢饉《ききん》にあえぎ、国も窮乏します。科挙によって生員以上の資格をもっていると、郷紳《きょうしん》と呼ばれる地方の有力者になったわけですが、清朝末期の郷紳は地方官吏とともに腐敗していましたから、豊作の年であっても、こうした連中の懐を肥やすだけでした。

国内のキリスト教徒が起こした太平天国の乱や、華北の武装勢力による捻軍《ねんぐん》の反乱、ムスリム系少数民族の反乱など、十年近くも続く反乱が同時多発的に発生します。

一八八四年に起こった清仏戦争で、ベトナム（越南）の宗主権はフランスに奪われ、そして一八九四年（明治二十七年）七月、朝鮮の宗主権をめぐる戦い、日清戦争が起こります。きっかけは朝鮮半島の農民の反乱でした。李《り》氏朝鮮が宗主国の清に派兵を求めたのです。日本は清と、朝鮮半島に派兵するときは相互通告するという条約を結んでいたので、清が送るのならと、日本も大急ぎで派兵するのです。

農民の反乱はすでに収まっていましたが、清と日本の派遣軍はどちらも撤兵しません。日本には、朝鮮を、南下政策をとるロシアの盾にしたいという意図がありました。

こうして「朝鮮を独立国にする」という大義名分を掲げる日本と、冊封関係を維持したい清との間で戦争になるのですが、清はあっけなく敗れてしまいます。下関条約によって台湾ほかを割譲、二億両もの賠償金、さらにさまざまの貿易特権を獲得した日本は列強への道を進んでいきます。

「眠れる獅子」と目されてはいたものの、五千年の歴史を誇る大国・清を、西洋文明を取り入れてわずか四半世紀という日本が打ち破ったのですから、西欧列強はさらに清国に高圧的になって、不平等条約をつぎつぎに押しつけました。

遅きに失した改革

清仏戦争に負け、日清戦争で負け、そのたびに領土や冊封国を失い、主な港湾は列強に租借されていきます。植民地化は止まりません。

アヘン戦争から半世紀以上、明治維新から三十年を経た一八九八年、ようやく光緒《こうちょ》帝の

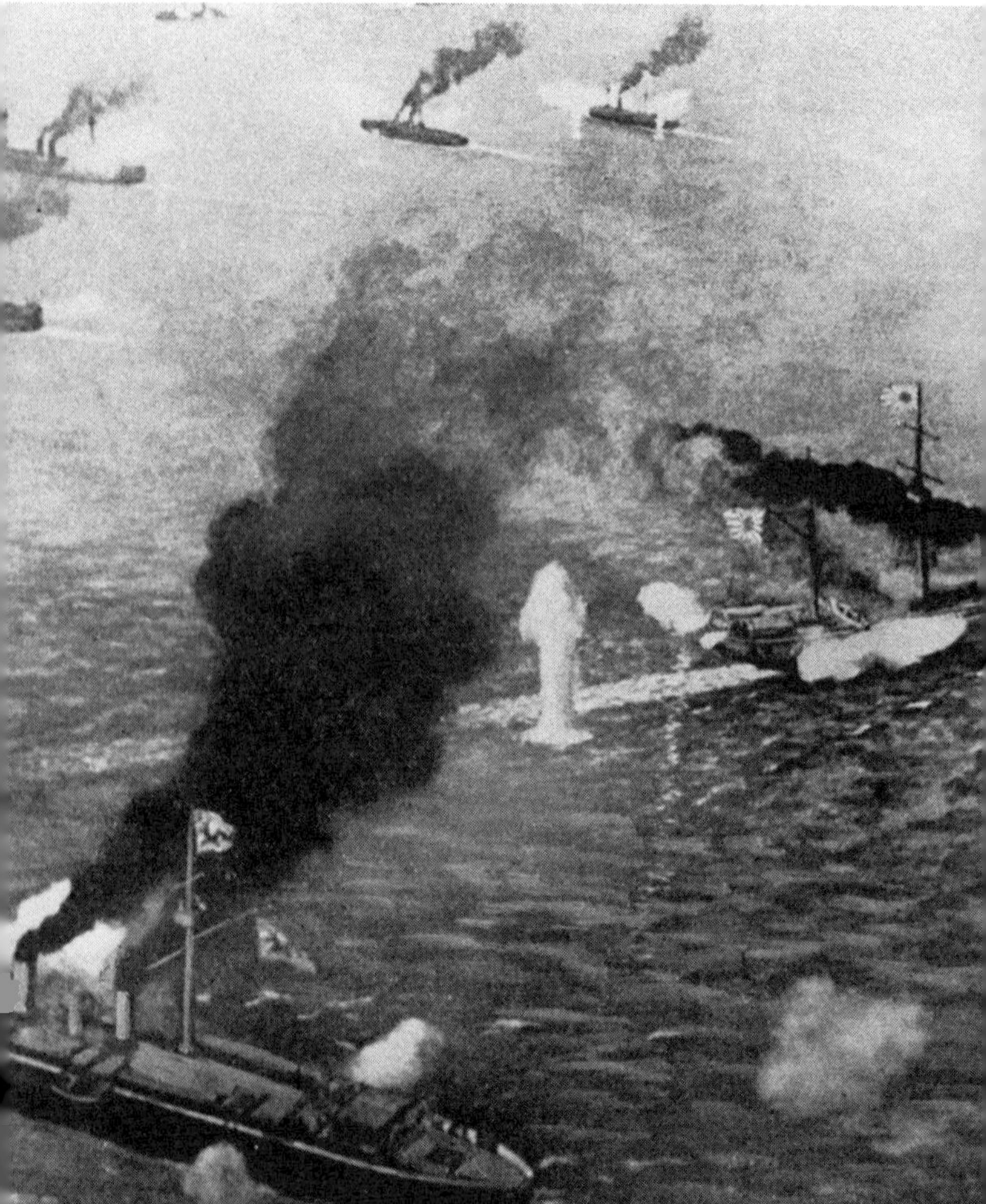

日清戦争 黄海海戦の図

時代に明治維新に倣った体制の抜本改革、「戊戌《ぼじゅつ》の変法」が実施されますが、あまりにも急進的な、理念先行の改革だったため守旧派の官僚は激しく反発します。

結局、わずか百日にして「戊戌の変法」は破綻し、西太后《せいたいごう》が政権に復帰しました。かといって、衰退が止められるわけでもない。

治外法権をもつ横暴な外国人を排撃しようという攘夷運動が高じて、「扶《ふ》清滅洋《しんめつよう》」を掲げて義和団が蜂起しましたが、西太后がこれを支持して列強に宣戦布告してしまうのですね。一九〇〇年六月のことです。

ところが二か月もせず、列強八か国連合軍は宮城である紫禁《しきん》城を制圧、清は莫大な賠償金を科せられたほか、北京議定書によって外国軍の北京駐留を認めるハメになり、植民地化がますます進んでいきました。

義和団の乱は「終わりの始まり」でした。ものすごく重たい歴史的な意味合いをもっています。清朝の滅亡のみならず、その後の中国を決定づけるような事件になりました。

ここまで来ると、さすがに旧来の政治ではダメだということになって一九〇一年から「光緒新政」という改革が始まり、一九〇五年に科挙が廃止されました。「今回は中止」とか「延期」ではありません。立憲君主制への移行や西洋式の新しい軍隊の創設に先立って、千三百年以上続いてきた制度を廃止したのです。

それくらい、旧来の官僚による古式に則《のっと》った政治では太刀打ちできないという、強烈な危機感があったのですね。

しかし、結論から述べれば光緒新政も、清朝を滅亡から救うことはできませんでした。帝政から共和制国家へ混乱期がしばらく続き、中国大陸を舞台にした日本と列強の鞘《さや》あては、やがて日中戦争から第二次世界大戦へとつながっていくわけですが、それはまた後で述べましょう。

李鴻章の失脚

もちろん科挙出身で卓抜した人材もいました。その代表が李鴻章《りこうしょう》です。

優れた政治家でありながら軍の指揮官に就いた彼は、清朝政府が頼りにならないと気がついていましたから、自前で軍隊を設《しつら》えました。太平天国や捻軍の反乱を平定したのは、私兵とも言えるこの軍隊の力です。のみならず、日清戦争も事実上、彼の軍隊と日本国の戦いでした。

李鴻章は二十五歳で進士に登第した俊英です。忠実な皇帝の臣下であるとともに、開明主義者でした。この二つの立場を矛盾なく切り回し、自らが外国の資本を入れた近代産業を興し、生み出した利益で軍隊を設えたのです。天才的な政治家と言うほかありません。

諸外国との交渉事も、彼が一手に引き受けていました。ほかに人材がいなかったと考えるのが妥当でしょう。国中に租界や租借地が広がっていきましたが、李鴻章がいなければもっと悲惨なことになっていたことは確実です。

列強にとって李鴻章は、水際に立ちはだかった巨大な砦《とりで》でした。相手が折れるまで粘りに粘って、条件を可能な限り取りつけられる人物などいませんから。

たとえば一九九七年七月一日に、香港がイギリスから中国に返還されました。これは香港と大陸の間にあたる新界と呼ばれる地域が緩衝地帯として租借されたとき、李鴻章が九十九年間の期限をつけていたからです。香港島や九竜《きゆうりゆう》半島南端は、イギリスに割譲されたものでしたが、水道の停止や武力の行使もちらつかせて返還を迫る中国に対して、イギリスも返還せざるをえなくなったのです。

九十九年後に清国が存在しないことは、李鴻章にはよくわかっていたはずです。

それでも後継する国があり、国力をつけていればイギリスとの二国間関係は変わることを見据えていたのでしょう。実際、彼の目論見《もくろみ》通り、イギリスは九十九年かけて発展させた香港を返還することになったのです。

そんな李鴻章ですが、日清戦争の敗戦責任を問われて失脚してしまいます。新鋭装備の北洋海軍が威海衛《いかいえい》海戦で敗れると、主戦論を押し切って下関に向かい、伊藤博文との間に講和条約を締結したことも、ときの最高権力者である西太后の不興を買ったようです。ところが、李鴻章という国家の支柱を失って、宮廷内の権力バランスは崩壊してしまい、清朝滅亡の要因にもつながっていくのです。

科挙の廃止といった方策は、近代国家への〝軟着陸〟という目的にはあまりに迂遠《うえん》でした。

科挙を目指して必死に勉強していた若者たちの将来も大きく変えることになります。子供のころからの目標が、突然失われたのです。

二十世紀前半の中国史に関わってくる人たち、毛沢東《もうたくとう》、周恩来《しゅうおんらい》、蔣介石といった面々は案外良家のご子息が多いんですね。彼らは、幼いころから家庭教師がいて、さらには塾にも通って勉強していた人たちです。科挙が続いていれば間違いなく受験したでしょう。

彼らに共通しているのは、文字がきれいなことです。答案はまず字が上手でなければなりません。

中国近代史の登場人物で、学問的な背景が違うのが孫文《そんぶん》です。彼は中国大陸南方の広東

李鴻章

省の出身で、西洋医学を学んでいましたから、科挙のラインからは外れています。

孫文の字を見たことのある人はご存じでしょうが、すごく下手です。漫画みたいな字を書きますから、科挙とは関係なかった人だとわかるのです。

ともあれ、科挙は廃止されてしまった。そうなると、科挙を目指して勉強に励んでいた人は、自分の将来をまるきり考え直さなければならなくなります。

『蒼穹の昴』の中では、「戊戌の変法」の失敗によって官職を追われて逃亡し、南方の路頭で飢え死に寸前だった若手官僚が、少年・毛沢東の家庭教師になるというお話を書きました。ここはフィクションですけどね。毛沢東にしろ若手官僚にしろ、時代の犠牲者に少し、希望をもたせてやりたかったんです。

過半が異民族による王朝

中国の近代史の話の途中ですが、この千年のことを考えてみましょう。中国ではこの千年の間に六つの王朝が交代しています。

宋、元、遼《りょう》、金、明、清です。このうち、漢民族、つまり本来の中国人の王朝は二つしかありません。宋と明ですね。この二つ以外は、実は異民族の征服王朝です。

元はモンゴル人の国です。攻め込んできたモンゴル人に、中国全土を奪われてしまった。日本の鎌倉時代、さらに版図を広げようと海を越えて攻めてきたのが元寇《げんこう》です。主たる兵隊は漢民族でしたけれども。

征服王朝の特徴として、基本的に騎馬民族であることが挙げられます。機動力と戦闘力がある。だから少ない人数にかかわらず、農耕国家であり戦闘能力で劣った漢民族の王朝を倒して、征服をしてしまったというパターンが何度も繰り返されているわけです。

金は女真族の国ですね。遼という国は契丹《きったん》族。つまり全部、万里の長城の北側にある異民族です。言語的にも民族的にも中国人（漢民族）とはぜんぜん関係ありません。中国の北方民族は、言語学的に言えばむしろ日本人に近いですね。

ここ千年に限っても、多くの期間が征服国家の政権でした。こういう大変な歴史を近世の中国はたどっているわけです。帝政のいちばん最後になった清朝、日本の明治時代まで存在した清という国も漢民族ではありません。金と同じ女真族、すなわち満洲族の建てた国です。

映画『ラストエンペラー』は多くの方がご覧になったと思います。

このタイトルの意味するところは、帝政中国の最後の皇帝という意味ですね。もちろん清朝の最後の皇帝という意味でもあります。

映画になっていたあの溥儀《ふぎ》が、中国歴代の最後の皇帝になるわけです。中国語ですと溥儀はプーイーと言いますね。名字は、といえば愛新覚羅《あいしんかくら》です。これは聞いたことがある人もいるでしょう。

どう考えても中国人の名前じゃないですね。ご存じの通り中国人の名前はほぼ二文字か三文字の漢字でできています。名字はだいたい一字です。そんな中で、名字が四文字というのはアイシンギョロプーイーという満洲語の発音に漢字を当てたからなんです。

これが皇帝の名前ですから、清朝の眷属《けんぞく》がいわゆる中国人、漢民族ではなかったことがよくわかります。マッカーサーの名字が松久亜浅となって、日本で征服王朝を打ちたてたようなものです。漢字になっていても、やはり外国人の名前ですよね。

満洲族の清は歴代王朝で最長寿

征服民族の建てた王朝でしたが、清は約三百年の長きにわたって続きました。ですから今、私たちがもっている昔の中国のイメージは、だいたい清王朝の風俗によるものです。

たとえば辮髪《べんぱつ》。額を剃《そ》り上げて後ろで長くおさげに編んで垂らす、あの髪型は中国人の習俗ではありません。満洲族の習慣なんですね。

満洲族が万里の長城を越えて、中国を征服したときに、あの髪型を一般の国民に強要したのです。

「お前らは皆、清王朝の国民になったのだから、俺たちと同じヘアースタイルにしろ」というわけですね。

漢民族には髪を剃る習慣はありません。それまでの明の時代は総髪を結っていました。おそらく強烈な違和感があったのではないでしょうか。今の私たちにとっても、見慣れない髪型の集団は、変な人たちで怖く感じますよね。

清朝が成立して間もないころは、やはり抵抗する人もいました。これに対し、清朝は「髪を留めるものは頭を留めず」という布告を出します。髪を残しておいたら首がなくなるぞ、と迫ったわけです。ただ、強制した習俗はこれだけでした。

愛新覚羅の王朝が成立したのが一六一六年、滅びたのが一九一二年と、約三百年でかなり長い。おおむね日本の徳川時代プラス明治時代と考えていいでしょう。中国の歴代王朝の中でももっとも長く続いた王朝でした。

中国の皇帝とは、地上を統《す》べる者として天帝から認められた人間です。そのための条件が「徳」でした。国が乱れるのは徳が失われたからだと天帝が判断すると、別な人間に天命を下す。これが「革命」であり、中国の王朝交代の理屈でした。

清朝は、天命に則って四百余州《しひゃくよしゅう》を統治するという漢土の伝統に従ったわけです。清の皇帝は、明朝の祭祀《さいし》をそのまま承継しました。制度も文化も、先朝から継承しつつも、彼ら固有のしきたりを捨てることもありませんでした。

中国人のイメージである辮髪について触れましたが、チャイナドレスもそうですね。高級な中華料理店や、中国のホテルのラウンジに行きますと、必ずチャイナドレスのお姉さんが出てきて目を奪われます。立ち襟で、ぴったりと肌に付いていてスリットが入っていて、女性の美しさを引き立てます。

ところがあれはチャイナドレスではありません。実は満洲族の衣装、マンチュリアンドレスなんです。

明時代の絵画を見るとわかりますけれども、元来、漢民族の服装というのは、日本の着物とよく似た合わせ襟です。袖も角袖です。もちろん頭は総髪ですね。これが中国人の伝統的なスタイルです。

ところが万里の長城を越えてやってきた清王朝、彼ら愛新覚羅の一族は、異民族ですから身なりも違う。彼らはもともと農耕民族ではありません。狩りをしながら部族で移動する狩猟民族です。

したがって衣服は馬に乗りやすく、寒さが凌《しの》げるデザインになります。襟は立ち襟になり、できるだけ体にぴったり付く細身の服になります。角袖はもってのほか、筒袖になり、馬に乗るために横に必ずスリットが入ります。

だから私たちがチャイナドレスだと信じている服は、本当はマンチュリアンドレス、騎馬民族の服装であって、中国人にしてみれば異民族の服なのです。

同じアジアでも日本との違いはいろいろある

中国人の生活の中に、靴を脱いで家に上がるという習慣はまったくありません。西洋人と同じで、椅子と机とベッドの生活だからです。

だから中国人は日本のお座敷に入るときはとても戸惑います。アメリカ人も中国人も同じで、畳の上に座ること自体に抵抗があるのです。そもそもあぐらがかけません。

あぐらを漢字で書くと胡坐となりますが、「胡」とは北方民族という意味です。つまり、北方民族の座り方があぐらなんです。

中国人はあぐらがかけません。正座などもってのほかです。ところが満洲族や蒙古族はあぐらがかけるんです。そもそも狩猟民族や遊牧民族は定住地をもたず、移動式の家に入るときには靴を脱ぐ習慣があります。当然、家具も最小限ですから、地面にあぐらをかいて座るのは当たり前のこと。

そう考えると日本人はかなり彼らに近いんです。頭を剃る習慣も、江戸時代の日本人は、月代《さかやき》を剃ってちょんまげを結っていました。これは北方騎馬民族の習慣と共通しています。辮髪でぶらさげている後ろの部分をまとめ、前に折り返せばちょんまげになりますね。しかし、学術的にこのあたりの結論はあいまいですね。「日本人はどこから来たか」を進めていって、「古代国家の成立はいつか」「天皇家の起源は何か」という話になると、タブーの領域に立ち入ってしまう。

私見ですけれど、日本人は中国人とは関係ないけれども、おそらく旧満洲、朝鮮半島とは、あるひとつの流れでつながっているように思います。

日本には襖《ふすま》や障子のような引き戸があります。実は中国に引き戸はなくて、アメリカやヨーロッパと同じようにみんなドアなんです。だから中国人の生活様式は日本よりもずっと欧米に近い。

正確なところはわかりませんが、日本の襖、引き戸というものは、ゲルやパオという移動式住居から発達したものなのかもしれないと思っています。

外国人が日本に来ると引き戸に感動するんです。「場所を取らなくていいですね」って。付け加えるなら、自動ドアが世界一多いのは日本です。というのも自動ドアは横に開くから意味があるわけで、バタンバタンと前後に開いたら危ないし、よほど場所に恵まれたところでない限りは作れないですよね。だから襖の仕組みを自動化したことで、自動ドアが日本には増えていったのです。

明を否定せず、制度などを利用、継承した清

一六一六年、万里の長城の向こうで清が建国されました。清朝の古都は現在の瀋陽《しんよう》です。旧奉天《ほうてん》ですね。今も瀋陽に行きますと、瀋陽故宮という、清が万里の長城を越える前、中国東北部を支配していたころの宮城が、とてもよい状態で残っています。日本から観光に行くのにはわりと近くて便利なところなので、ぜひおすすめです。

瀋陽はその後、奉天と名を変え、日本が実質的な支配をした時代がありまして、今でも奉天生まれの方は大勢いらっしゃいますね。

日本にとっても懐かしい場所ですが、実は清朝の古都なんです。

清朝初代の皇帝はやはり愛新覚羅という名字で、名前はヌルハチです。漢字で当てる字がありますが、ほとんど意味をなしません。

ヌルハチの孫の代、順治帝《じゅんち》という皇帝が出ます。この順治帝が七歳のときに、軍団と一緒に万里の長城を越えて、北京に入ってくるわけです。それが一六四四年、日本では江戸時代の初めのころでした。

漢民族にしてみると、異民族が入ってきたことになります。

清朝が強制したのはほぼ辮髪だけです。明王朝の官吏も処刑したりはせず、ほとんどそのまま採用しました。そして鷹揚《おうよう》なことに、彼らの北方民族にはなかった宦官《かんがん》制度まで自分たちの王朝に取り入れたのです。

明王朝の制度の多くを継承するんですね。彼ら北方民族には、文化的に劣っているというコンプレックスがあって、尊敬する中国の制度というものをできるだけ踏襲しようとしたのではないかと思いますね。歴代の騎馬民族は、だいたい同じような続治方法をとっています。

伝統的な中国を否定しない。否定しないでそれに自分たちの文化を乗せていくという考え方で、清朝は約三百年続きました。

同時期に、日本では徳川幕府の政権が続きます。日本海を挟んで並行的に二つの安定した政権の時代が流れていくのです。

中国と日本の相続方法の違い

徳川将軍っていうのは、ちょっと変わった人物が多いですね。体が弱い、頭が弱い、あるいは偏屈。どうもまともな人物が少ない感じがします。

家康は立派な人だと思いますが、十五代に至るまで、この人は英明な将軍だと思えるのは吉宗《よしむね》ただ一人でしょう。ほかに傑出した人物を見つけるのは難しい。

徳川と比べたとき、愛新覚羅はどうでしょう。

ラストエンペラーの溥儀まで、三百年間に十二代の皇帝が続きます。徳川幕府は三十年以上も短いにもかかわらず十五代の将軍が交替しています。これだけでもわかりますが、歴代の清朝皇帝はまず体が丈夫です。徳川幕府では幼くして亡くなった将軍、若死にした将軍が多いから十五代を費やしたわけですね。

しかも清朝十二代の中に、これといって愚昧な皇帝はいません。皆それぞれに優秀です。これは、跡取りの選抜方法の違いでしょう。徳川幕府、というより日本の相続制度は、昔から長男相続です。

読者の方の中には「ウチの兄貴より私のほうが絶対に出来がいい」と思っている方がいらっしゃると思います。長男が必ずしも優れているわけではないのに、暗黙のうちに、家を継ぐのは長男と決まっている。日本の伝統、というより、実はこれは農耕民族の伝統です。

つまり農耕民族にとっては強力なリーダーシップだとか、ずば抜けた能力などはあまり必要ない。それよりも一族にとって怖いのは、田畑をめぐる相続の揉《も》め事でしょう。相続人を長男と決めておけば揉め事を避けられる。農耕民族は「地域の中で協力してうまくやっていく」ことが大事なので、突出したリーダーシップは必要ないのです。農耕民族にとっては、長男相続がいちばん適しているようです。

日本でも地域的には長子相続という場所もあります。男女にかかわらず、先に生まれた者が相続する。だから女子でも相続権をもつという地域があるんです。実はこれがいいんですよ。長女に婿をもらうとなると、親が有能な人間を選ぶことができます。これはいちばん手堅い相続のような気がしますが、どうでしょうか。

長子相続の例で有名なのは、伊能忠敬《いのうただたか》です。江戸時代、日本で初めて実測による全国の正確な地図を作った人ですね。

彼が生まれた千葉県・九十九里のあたりは長子相続でしたから、長女が忠敬を婿に取って相続し、彼は伊能家を継ぎました。伊能家は現在の香取市佐原で酒や醤油を作っていましたが、当時は家勢が衰退していて、有能な忠敬に期待をかけたわけです。その期待に違わず、忠敬は家業を伸ばし名主になります。そして数え五十歳で隠居して、自分の好きな天文学や測量の道に邁進《まいしん》するわけです。

こうした例もありますが、日本は基本的に長男が相続します。

名君が頻出した清王朝

一方、清朝の相続は生まれ順は関係ありません。皇帝の指名です。

皇帝は正室のほか多くの側室とできるだけたくさん子供を作って、その中から「この子だ」と決める。これがずっと清朝の相続方法です。

清朝の、というよりも騎馬民族、いわゆる狩猟民族、遊牧民族の相続ルールはだいたいこうです。つまり指導力がなくてはならない。体力に優れていなければならない。部族を率いていく力がなくてはならない。それだけの力量のある後継者を父親が指名する仕組みです。これは私たちの感覚からすると、かなり非情なシステムだと思いますね。

しかしその結果として、清王朝と徳川幕府では、為政者の能力と、累代の数に違いが出てきたことは事実です。清王朝ではとんでもないスーパーエンペラーが登場します。有名な康熙《こうき》帝は中国歴代皇帝の中でもトップクラスの名君とされます。自ら軍勢を率いて戦い、実質的に全国を支配下に置いたのは康熙帝でした。

彼は満洲族が北京に入ってから二代目です。まだ二代しか経ていないから、完全な中国文化の人にはなりきれていないにもかかわらず、康熙字典という漢字の字書の編纂を命じています。私は原稿を書くのにワープロやパソコンは使いませんが、今のＩＴ時代の漢字コードの基本になっているのはこの康熙字典の配列なのだそうです。

康熙帝の孫にあたる乾隆《けんりゅう》帝の時代、清王朝は最大の国土をもつに至ります。今の中華人民共和国のだいたい二割増しです。今の中国も相当大きいですが、さらに二割も大きいんです。

今の、ロシアの沿海地方も、南のベトナムも、西ではチベットやネパールまで乾隆帝の時代には清朝の国土もしくは属国でした。今、中国ではチベット問題がすごく騒がれていますが、本をただせば、乾隆帝が強引に征服したところに遡ります。非常に長い歴史をもつ主権紛争なんですね。

この二人に限らず、清王朝には実力派の英明な君主が大勢出ました。でも親が跡継ぎを指名するというのも、揉め事が起こりそうですよね。一軒の家ではなく、王朝の話です。それぞれの王子に支持者がいるでしょうから。

そこで清王朝には「密建の法」という面白い制度があります。皇帝は何十人もいる王子を観察していて「こいついい」「こいつはダメ」と決して口にしてはいけない。その代わり、世継ぎたる王子の名を書いて木箱に入れ、乾清宮《けんせいきゅう》で皇帝の座る椅子、玉座の後ろにかかった「正大光明」の扁額《へんがく》の後ろに隠しておくのです。

乾清宮というのは皇帝の住まいである後宮正殿ですから、誰も簡単には近づけませんが、さらに衛兵を立てて、ずっと見守っていたでしょう。

先帝が崩御したとなると、高官たちがここに集まって、箱を引き出して見ると王子の名前が書いてある。だから、王子を担いだ派閥が争うなどという余地はありません。

乾清宮は今、紫禁城の中で公開されていますので見どころです。

この「正大光明」は清朝第三代皇帝である順治帝の筆によるもので、今もかかっていますが、日本人の私たちが見ても、小学生が一生懸命書いたような字です。有り体に言ってしまえば下手な字ですね。七歳で長城を越えてやってきた順治帝は、異民族である満洲族ですから、漢字があまりうまくなかったようです。

それが次代の康熙帝になると、すばらしい字を書きます。後の乾隆帝もすばらしい字を書く名筆、能筆の皇帝です。皇帝の書いた文字をひとつ見ただけでも、彼らがいかに謙虚に中国文化を学び、中国文化に同化していったか、よくわかるのです。

文字は縦に書く

日本から学生や若い編集者を連れていって、「正大光明」の扁額の前で、私が密建の法の説明をしていると、たいていの人は「めいこうだいせい」って読みますね。扁額の文字の並びが左から「明光大正」になっているからです。

正しくは「せいだいこうめい」です。そう読むと、みなさんおっしゃいます。

「あ、昔の人は字を右から左に書いたんですね」

そうではありません。

そもそも横書きはなかったのです。中国語にも日本語にもありません。

これは右から左に書いたのではなくて、一行一文字の縦書きが、四行書かれているのです。

私たちのまわりはみんな横書きになってしまいました。いずれ小説もみんな横書きになるんじゃないかって恐れているんですけれどね。

私は縦書きを大事にしたいと思います。なぜかといえば、手で文字を書いたときに、最後の一画は、必ず下につながるんですよ。横にはつながりません。はねるにしてもはらうにしても、縦につながるようにできている。どんなに一生懸命、文字を練習しても、横書きにしている間はうまくならないですよね。

私たちの時代から、横書きがすごく多くなりました。これは日本語の中に算用数字やアルファベットが多くなったためでしょう。教科書も理科や数学だけでなく、日本史や世界史も縦書きにすると不都合が多いものですから、横書きになっていますね。

だから自分で文字を書くとき、誰もが横書きになってしまったわけですが、やはりうまく書けません。最後の一画で必ずストレスがかかるものだから、全部丸めてデザイン化してしまうような丸文字が登場したのだと思います。

だから文字は縦に書く。それ以前に、手で書くことですね。生活習慣の中で取り入れて、実践していかなければいけないことだと思います。

朝貢貿易の結末

少し話が脱線してしまいましたが、「止大光明」とは皇帝の心得です。

正しく大きく輝かしく明晰《めいせき》たれ。これが子孫たちに残した順治帝のメッセージです。その裏に、次の皇帝の名前を書いた紙を隠していました。この指名システムそのものに狩猟民族のシビアさを感じます。

農耕民族の「揉め事を起こさないほうがいいから長男相続」というのとは決定的に違います。これは日本人と中国人の資質において、今でもわかりやすい決定的な違いだと思います。

私たち日本人はともかく丸く収めようと、みんな考えます。和の国ですよ、日本は。国土が狭くて人口が過密であるということがもともとの原因でしょう。しかもよそ者のやってこない環境ですから、同じメンバーで二千年も、稲作を中心にした農耕生活を続けてくれば、仲間うちの和を乱さない文化が出来上がります。

私たちほど、たがいの諍《いさか》いを嫌う民族は世界でも稀でしょう。

その点、やはり中国は自己主張の国です。丸く収めようと考えるよりも、自分がこうだというなら徹底的に主張するのが中国人の気質です。

よしあしとか、優劣といったことではありません。気質の違いが、妥協か主張かといったところに表れているということです。

ちなみに、この乾清宮や、公式な儀式をとり行った太和殿《たいわでん》の玉座の真上には、軒轅鏡《けんえんきょう》と呼ばれる大きな銀色の球が吊りさがっています。実は「世界の中心はここだ」という意味なんです。これはガイドさんがあまり説明してくれないポイントですが、玉座まで行ったら必ず上を見てください。

自分たちが世界の中心という、中華思想のシンボルです。

中華思想がすごいのは、中国は天命を戴く天子＝皇帝が統治する、地上で唯一の国であるとしたところです。だから対等な国などなく、周辺の異民族はすべて文化の劣る蛮族とされました。

だから外交といえば、臣下の礼をとった冊封国とのつきあいを意味するわけです。

臣従した国は、宗主国である中国に貢物を献上します。これに対して、中国ははるかに多くの財物を下賜していました。これが朝貢貿易ですね。

経済的には中国にとっては損なのですが、敵対関係になって軍備を整え、いつも戦争しているよりもずっとコストが低く抑えられるという現実的なメリットがありました。

周辺の異民族が、中国よりずっと力が弱い時代なら、なかなか合理的な安全保障システムです。だからこそ長きにわたって続いてきたのですが、産業革命を経た西欧列強の覇権主義には通用しませんでした。

歴史の大局から見れば、朝貢貿易の考え方から抜け出せなかったことが、清朝の滅亡へとつながっていったと言えるでしょう。

第四章　明治維新が目指した未来とは

明治維新から「まだ」百五十年弱しか経っていない

イギリスに仕掛けられたアヘン戦争で近代軍隊の前に敗北を喫するや、清はたちまち西欧列強によって国土を食い荒らされました。あたかも、血のにおいをかぎつけたサメが集まってくるようなものです。

みるみる蚕食されていく中国の惨状を、鎖国下とはいえよく見ていたのが日本でした。「列強が押し寄せてきたら、小さな日本はひとたまりもない」「清国のようになってはいけない」という強い危機感こそが、明治維新の原動力でした。

「日本を植民地にはさせない」という一心で、必死になって西欧に学び、明治維新を成し遂げました。ところがほんの四半世紀ほどすると、日本は清を食いちぎるサメの一頭になっていきます。なぜそうなっていったのか。

本章では明治維新から出発して考えてみたいと思います。

言うまでもなく明治維新とは、徳川幕府を倒し、明治政府による天皇親政の中央集権国家への転換です。制度、文化、思想に至るまで変革された画期的なできごとでした。アジアでいち早く近代国家を作り上げることに成功したわけです。

慶応四年から明治元年に改元されたのが、一八六八年十月二十三日（旧暦では九月八日）ですから、まだ百五十年弱しか経過していません。

「まだ」なんですよ。その前は近代国家以前の幕藩体制、いわゆる「サムライの世の中」だったのですから。江戸幕府が支配しながらも、三百近くの大名が独立してそれぞれの領国を治める連邦国家でした。

その江戸幕府とは、一六〇三年の徳川家康による開府から始まったのですが、よく考えてみると、幕府とはそもそもクーデター政権ですよ。本来、朝廷がもっていた統治権、政治に関するあらゆる権利を、武士が軍事力にものを言わせて簒奪《さんだつ》する。

これは軍事クーデターにほかなりません。最初にこれを実行したのは鎌倉幕府ですね。鎌倉幕府を開いた源頼朝《みなもとのよりとも》は、おそらく平清盛《たいらのきよもり》にヒントを得たのでしょうが、天才的な考えですね。王朝を滅ぼさず、そのままにして権威だけ担当する存在へと象徴化しておいて、実質的に国を自分たちのものにしてしまう。それが幕府というシステムの考え方です。

それが鎌倉、室町《むろまち》、江戸と三度繰り返されました。鎌倉幕府の実権は早々に源氏《げんじ》から北条《ほうじょう》氏に移り、百五十年ほどで滅びます。次の足利《あしかが》（室町）幕府は二百年ばかり続きますが、そこから江戸開府までの間は幕府権力の失墜した戦国時代です。

それに比べて徳川幕府というのはなかなか優れていました。二百六十年以上、安定した治世が続いたのですから。何といってもこの間、外国と戦争をしていません。ということは戦死者がいない。内戦も、開府間もないころの島原の乱と最後の戊辰戦争だけですね。地方政権による対外戦争として薩摩とイギリスの薩英戦争、長州と列強四か国（イギリス・フランス・オランダ・アメリカ）の間で起きた馬関戦争がありますが、それも一瞬で終わります。

二百六十余年、戦争をしなかった政権など、世界中、有史以来どこを探してもありません。つまり徳川幕府が優れていたと言っていい。鎖国政策は正解だったのでしょう。豊臣秀吉も徳川家康も、禁教令を出してキリシタンを弾圧し、鎖国へとつながっていきます。私たちは宗教が弾圧されたことに対して、「ひどい話だ」「残酷だ」などという価値観で教わっていますが、これは安全保障上の国策でもありました。

どうしてか。十五世紀半ばから、インドをはじめとするアジア各地、南北アメリカなどへ植民地を求めて、ヨーロッパ人の海外進出が始まっていたからです。大航海時代として知られていますよね。産業革命以前ですから、帆船によって探検や交易をしていたわけですが、すでに植民地獲得競争が始まっていたのです。

植民地を作るとき、先兵としてまず派遣されるのがイエズス会の宣教師でした。イエズス会の宣教師が現地へ行き、おびただしい情報を本国に送って、その地域の状況を理解した上で、最終的には植民地にしてしまう。それが常套手段であると、秀吉も家康もわかっていたから、キリシタンを弾圧したわけです。

したがってこれは安全保障政策だったという評価もできるでしょう。それが江戸時代はずっと続いたのでした。

捕鯨船の護衛だったペリー艦隊

ところが一八五三年、アメリカ海軍の黒船が来航します。

それまで日本人が見たことのあるのは帆掛け船か櫓《ろ》で漕ぐような船でしたから、蒸気機関を積み煙を吐いて外洋を航海する船など、信じられないものの出現でした。これがペリー艦隊であります。

四隻のうち外輪式の蒸気船が二隻、あとの二隻は帆船でしたが、遠洋航海のできる西洋式の大型帆船などもちろん日本にはありません。鎖国しているのですから、もっていないのは当然です。黒船を見て、みんな腰を抜かしました。

彼はなぜ日本にやってきたか。もちろん理由があります。

当時、最大の海洋産業は、捕鯨でした。クジラを捕獲して工業用の鯨油を取っていた。これはアメリカに限りません。産業革命を果たした各国は、大量の鯨油を必要としたため、世界中で捕鯨をしていたのです。

アメリカは太平洋で、捕鯨船に物資補給するための寄港地として、日本に開港を迫ったことになっていますが、そもそも彼らは捕鯨船の護衛艦隊でした。ペリー艦隊の正体は、

ペリー司令長官が巡洋艦四隻を率いて浦賀沖に来航

捕鯨団の一員なんです。

ペリー来航の五年前、アメリカは米墨戦争によってカリフォルニアをメキシコから獲得しています。太平洋に面した国家として、捕鯨もますます活発化すると期待したわけです。食料や水、燃料の薪の補給基地として、太平洋の対岸にある日本に寄港できれば非常に便利ですからね。開港を求めた理由は、実はここにあります。

しかも、そのころのアメリカは新興国で、列強との植民地獲得競争で後れをとっていましたから、アジア進出のための航路も開拓できるというメリットもありました。

もちろんペリー艦隊は、捕鯨船団護衛のついでに日本に来たわけではありません。大統領の親書をもち、蒸気船・ミシシッピー号で単艦、大西洋を渡ってアフリカ最南端の喜望峰を回り、インド洋を越え、香港や上海でアメリカ海軍の東インド艦隊の軍艦と合流して、日本へとやってきたのでした。

アメリカの影響は最恵国待遇を与えた幕末から

ペリー来航の一週間後、やはり開港を求めてロシア艦隊がやってきました。ほんのタッチの差ですが、幕府は「先にアメリカと交渉しているからダメ、長崎に回れ」と返答したそうです。

これで日本の未来は決まったのです。黒船来航後の十五年間、日本国内はそれこそ天地がひっくり返るような大騒ぎとなる幕末の幕が開きます。

翌一八五四年、幕府はアメリカと日米和親条約を結び、下田と箱館（函館）を開港しました。二百十五年にわたって続いた鎖国に終止符が打たれたのです。さらに一八五八年、日米修好通商条約が結ばれます。

同様の条約がイギリス・フランス・オランダ・ロシアとも締結されますが、先に条約を結んだアメリカは、いわゆる最恵国待遇の外国でした。一般的に最恵国待遇とは、最初に外交条約を結んだ国を外交上の最恵国として、二番目以降の国は、この最恵国の利益を削り取るような条約を結んではいけないという大原則です。これは今でも一般的な大原則です。

具体的に言えば、日米修好通商条約には「日本とヨーロッパのどこかの国とトラブルが起こったときは、アメリカ大統領が仲介する」旨が記されていました。

つまりアメリカは、このとき日本国外交上の最恵国となったわけです。日本のアメリカ化は、昭和二十年（一九四五年）の敗戦以降に、GHQによってもたらされたわけではありません。明治・大正を通じて、日本に最大の影響をもたらし続けたのは、外交上の最恵国であるアメリカです。留学生の数も、実はアメリカがもっとも多いんですね。イメージからすると、ドイツやイギリスじゃないかという思い込みがありますが、それはぜんぜん違う。実はアメリカがいちばん多い。

だから日本とアメリカはずっといい関係にありました。太平洋を挟んで戦争をした、あの四年間だけが悪かったと言えます。

たとえば、モボ（モダン・ボーイ）・モガ（モダン・ガール）と呼ばれた、昭和の初めの素敵なファッションは、ヨーロッパから輸入されたものではありません。アメリカ西海岸、ハリウッドの映画スターたちの文化が日本に入ってきて、みんなが憧れて真似をしたというのが、モダン・ガール、モダン・ボーイの文化です。大正時代の自由な雰囲気を引き継いだ時代が、昭和の戦前期にも花開いていたのです。

そのあたりの情景は、私も『天切り松　闇がたり』というシリーズで書いていますので、読んでいただけるとよくわかります。

もしロシアが来るのがアメリカより早かったら、ロシアが日本の外交上の最恵国となっていたでしょう。以降の歴史はまるで変わったはずです。これはもう、国の運命としか言いようがありません。

ペリー来航の世界史的な事情

世界地図を見れば一目瞭然ですが、日本とロシアは近いですね。アメリカは遠いですよ。にもかかわらず、どうしてロシアはアメリカに後れをとったのか、なかなか開国を求めてこなかったのかといえば、これも理由がありました。

ロシアはこの時期、ヨーロッパでクリミア戦争の真っ最中だったんです。ナイチンゲールが野戦病院の看護師として活躍したのが、このクリミア戦争です。ロシアが西ヨーロッパを敵に回して戦った大戦争でした。だからロシアは当時、極東どころではありません。

一方、アメリカはクリミア戦争にはまったく加わっていません。むしろこの戦争で利益を得ていた。余裕があるから、日本に来て開国を迫ることもできたのです。やはり戦争は、しないほうが勝ちなんですね。

日米関係の始まりとは、「戦争に参加していなかった日本とアメリカが手をつないだ」ということでした。これは世界史の行方を決める、重大なできごとになりました。

ロシア、旧ソ連というのもかわいそうな国なんです。世界地図を見ても「なんでこんなにでかいんだ」って言いたくなるくらい巨大ですね。とりもなおさず、巨大だということは国境を接している国が多いということです。戦争はほとんどの場合、国境をめぐる紛争から起きますので、近世のロシアや旧ソ連は、ずっとどこかの国と戦争をし続けることになったのです。今もいろんな火種を抱えていますね。

とくにヨーロッパ諸国とは総当たりのような戦争をしていますので、とても憎まれています。長い間、ヨーロッパのすべてが仮想敵国はロシアだと考えていました。だから日露戦争で、東郷艦隊がバルチック艦隊を破ったとき、ヨーロッパ諸国は拍手喝采。同じ白人だからロシアの肩をもつかといえば、そうではありませんでした。

少し話が飛びましたが、徳川幕府は、祖法である鎖国をやめて開国しました。まずアメリカに、続いて先述の四か国に対して開国し、貿易を始めることになりました。

これについて反対論がいろいろ巻き起こります。いわゆる攘夷というものです。

日本史を習っていない人は「ジョーイ」を外国人の名前か、英語かと思うかもしれません。「攘」とは「打ち払う」、「夷」は「外国」を意味します。つまり外国から来た者を打ち払う。鎖国を続けろというのが攘夷運動です。これが国民運動になりました。

なぜかといえば、徳川幕府が諸外国と勝手に開港条約を結んだからです。

このとき、幕府には井伊直弼《いいなおすけ》という強権主義のカリスマ的大老がいて、朝廷の勅許を得ず、つまり天皇陛下の許しを得ずに条約を結んだ。

政権はすべて徳川幕府が握っているわけだから、構わないのではないかと思えるのですが、井伊大老が独断で開国をしてしまったということに対して、世論が紛糾します。

折悪しく、徳川幕府が落ち目になっていました。長く財政難に陥っており、それでも徳川幕府は、何度も行政改革を行って財政の立て直しを図るのですが、二百六十年も経つとやはり制度が老朽化しています。構造的にダメ、時代に合わないものとなっていました。

攘夷思想を醸成した水戸藩

攘夷運動を牽引《けんいん》し、討幕運動の中心となったのが長州藩でした。今の山口県にあたる周防《すおう》・長門《ながと》を領国とする大大名、毛利《もうり》家ですね。ここがいちばん熱心な攘夷主義者の集まりでした。みなさんもご存じの明治の元勲と言われる人々、木戸孝允、伊藤博文、山縣有朋たちがそうですね。思想的背景となった学者、吉田松陰《よしだしょういん》も長州の人間です。

彼らが幕府を倒そうという、世の中を大転換する運動を始めるのです。ただ攘夷を最初に言い始めたのは長州ではなくて、水戸藩だったと思われます。

水戸藩は御三家のひとつですが、昔から尊皇思想が篤《あつ》いところです。藩祖は家康の十一男の徳川頼房《よりふさ》ですから、もちろん徳川の一門ですが、当主は代々都のお公家《くげ》さんや皇室から妻を迎えているくらい、尊皇思想の強い藩でした。

第二代藩主の徳川光圀《みつくに》は水戸黄門として有名ですね。その光圀が始めた一大プロジェクトが、『大日本史』というわが国の史書の編纂です。

幕府による公式の史書『本朝通鑑《ほんちょうつがん》』が一六七〇年に完成していますが、『大日本史』の編纂は二百年以上もずっと藩の仕事として続きます。完成したのは明治時代に入ってからです。

『大日本史』は初代・神武《じんむ》天皇から、室町時代の第百代・後小松《ごこまつ》天皇まで百代についてまとめてありまして、こうした事業を通じて、もともと篤かった尊皇思想がさらに育まれていったことは間違いないでしょう。

そうした思想が水戸から長州に伝わったと、私は見ています。

茨城県から山口県に思想が伝播《でんぱ》するのかと思うでしょうが、これは傍証があります。

当時は参勤交代の制度がありましたから、お殿様は一年おきに江戸と領国を往き来するわけです。たとえば尾張《おわり》藩のお殿様が、今年名古屋《なごや》城に住んでいたら、来年は大名行列をして江戸に来て一年間住みます。尾張藩の上屋敷は、今、市ケ谷の防衛省が建っているあの場所ですね。そして翌年はまた大名行列で名古屋に戻る。

もちろん長州藩も同じです。山口県と東京の往復は大変ですが、薩摩藩（鹿児島）でも弘前《ひろさき》藩（青森）でも参勤交代は義務だったのです。

しかし水戸藩は例外でした。家康によって例外中の例外が認められていたのです。

徳川家康はたくさん子供を作りましたが、とりわけ晩年に作った三人の子供をかわいがりました。「歳をとってからの子供はかわいい」と言い慣わされてきた通りですね。九男、十男、十一男が尾張藩、紀伊《きい》藩、水戸藩の初代藩主になって、これがやがて御三家と呼ばれるようになるわけです。ただ水戸藩主になった末っ子、頼房は当時六歳でしたから、三人に同じ資格を与えるのも無理があったのでしょう。二人の兄よりも石高は少なくなりました。

また尾張徳川家と紀伊徳川家は、将軍家に跡取りがいなくなった場合に嗣子を出す権利を認めましたが、水戸徳川家にはその権利を与えていません。

そのかわり参勤交代はしなくていい、領国は近いのだから、ずっと江戸にいて将軍の補佐をする、ということになった。そこで俗に「天下の副将軍」と呼ばれるようになるわけです。もちろん「副将軍」という公式な役職はありません。

つねに将軍の側にいて、いろいろな話を聞いて相談相手になっていたから副将軍という役回りになった。それが水戸徳川家というものでした。

水戸徳川家の殿様はずっと江戸にいますから、主だった家来もほとんど江戸にいるんですね。水戸藩の上屋敷は、今の小石川後楽園、東京ドームのあたり全域で十万坪ありました。尾張藩の上屋敷が七万坪ですから、それよりも広いんです。紀伊藩の江戸屋敷は、今の迎賓館《げいひんかん》と東宮御所のほぼ全域で、十万坪ほどありましたから、やはり御三家の屋敷は、大名の中でもトップクラスの広さでした。

こうした屋敷用地は、江戸幕府から大名に複数与えられていて、お殿様と家族が居住する上屋敷、別邸である中屋敷、下屋敷などを構えていたわけです。それぞれの屋敷用地内には家臣の住む長屋もありました。

水戸藩、水戸徳川家の尊皇思想が長州藩、毛利家の家臣へと伝染した話でしたね。

実は、水戸の家臣と長州の家臣が通っていた剣術道場がほぼ一緒なんです。数ある流派の中から神道無念流《しんとうむねん》の道場で、岡田十松《おかだじゆうまつ》の撃剣館《げきけんかん》、斎藤弥九郎の練兵館《れんぺいかん》といったところに水戸藩士、長州藩士が集中していました。

九段坂《くだんざか》を下りきったところにあった練兵館には、水戸藩の藤田東湖、新選組の芹沢鴨《せりざわかも》、長州藩の桂小五郎、品川弥二郎《しながわやじろう》といった面々が通っていました。

当時の道場では、剣術に励むとともに学問がついてきます。午前中は道場で稽古をして、午後は隣の塾で学問をする。文字通り文武両道、ワンセットです。だから大勢の水戸藩士と長州藩士が竹刀を交え、机を並べたことでしょう。

親藩と外様の違いはありますが、石高も藩士の数も同じくらい。おそらく交流があったと思われます。

藤田東湖は一世代上の人で、「水戸学」の大家として知られる学者です。水戸学とは水戸光圀由来の『大日本史』の編纂を目的に、日本古来の伝統を研究する学問ですから、尊皇思想の碩学《せきがく》による影響も大きかったのではないでしょうか。

このあたりは小説家である私の想像ですから、学術的な裏付けはありません。

しかし、水戸学に端を発する尊皇攘夷思想が、明治維新に大きな役割を果たしたことは、広く認められている史実です。

水戸藩で人材が枯渇した理由

尊皇攘夷の志士で思い出すのは、新選組の芹沢鴨ですね。彼は水戸藩士ではありませんが、徳川家が水戸に入る前から土地の郷士であったという名門の出身です。二人の兄は水戸藩士でしたが、彼は尊皇攘夷思想を貫徹するべく活動を始めます。

芹沢鴨は当時の有名人でした。尊皇攘夷の志士、つまり新時代を築くパイオニアとして、江戸でも名の知られた人物だったようです。その彼が、江戸で結成された浪士組に参加して京都に行き、やがて新選組を旗揚げして大暴れするのはご存じの通りです。

乱暴狼藉《ろうぜき》を働いて粛清される芹沢鴨も含め、幕府の武装警察である新選組は、どうも悪人のイメージがつきまといますね。というのも明治維新以降の歴史は、勤王思想の歴史、官軍側の視点で出来上がっていますから、佐幕となるとまず悪人です。

私が子供のころに見た東映の映画なんか、メイクから違いますよ。新選組はみんな眉毛が太くて赤いドーランを塗って、強烈なくま取りで最初から悪人だとわかる。近藤勇役は、悪役顔で有名だった近衛十四郎《このえじゅうしろう》（松方弘樹《まつかたひろき》のお父さんです）が演じたりするわけです。

一方、倒幕に奔走する勤王の志士となると、東千代之介《あずまちよのすけ》（ご存じないかもしれませんが、日本舞踊出身の眉目秀麗な俳優でした）のような二枚目スターの役どころです。

昭和三十年（一九五五年）くらいでも、勤王は善で佐幕は悪という歴史認識は続いていたんですね。

私は新選組の小説をずいぶん書きましたが、芹沢鴨という人、調べれば調べるほどなかなかの人物なんです。ただ、欠点はある。酒乱です。酒乱の人は「自分は酒乱だ」という自覚はありません。でも人から見て酒乱。どちらが正しいかといえば、これは客観のほうが正しい。

私は、酒を一滴も飲みません。だから酔っ払いウォッチャーなんです。よく見ていると、酒乱になるケースで、飲んでいるお酒は二種類。日本酒かワインです。

どちらも醸造酒ですが、科学的に理由があるかどうかわかりません。ただ、酔っ払いウォッチャーの私が見ていた限り、酔って暴れる、くだを巻いて泣く騒ぐ、乱れて寝てしまうというのは日本酒かワインが多いんです。

幕末、江戸時代は日本酒しかありません。品質も今より悪かったでしょう。全員がこのたちの悪い日本酒を飲んでベロベロに酔っ払います。しかも腰に刀を差しているのですから事件が起こらないはずはありません。

芹沢鴨というのは酒乱で乱暴狼藉を働いて、しまいには暗殺されてしまう。粛清されてしまうという運命をたどっていくのです。

また脱線してしまいましたが、尊皇思想と攘夷運動の話に戻ります。

尊皇思想の言い出しっぺである水戸藩では、なぜ攘夷運動が進展しなかったのか。脱藩者たちは桜田門外の変を引き起こして、井伊直弼を暗殺していますから、途中まではもっとも過激な活動をしています。でも、明治維新につながるような力にはなっていません。なぜかというと、攘夷を叫んでいるうちに、内ゲバが起きたんです。天狗党《てんぐとう》事件と呼ばれる殺し合いが藩の中で始まってしまい、多くの人材が命を落としました。そのため尊皇思想の大本山でありながら、水戸藩士には明治維新後の傑物が見あたりません。どの藩でも新政府をはじめ各界で活躍した人間が思い当たるのですが、水戸の出身者はほとんどいないと言っていい。明治維新の前に、逸材が皆死んでしまったのです。

得てして言い出しっぺとはそうした運命にあります。しかし、誰かが言い出さなければ革命など起きません。

水戸藩は、維新後の日本史にはほとんど足跡を記さなかった。けれども、水戸藩がなければ明治維新はなかったと思います。

世界情勢を教えた松下村塾

さて、水戸から尊皇思想というバトンを渡された長州は、まず、攘夷に突っ走りました。

「外国人を打ち払え！」という運動が過激化するのです。

一八六二年、品川に建設中の英国公使館を焼き討ちしたのは高杉晋作たち長州藩士のしわざでした。さらに一八六三年には、馬関（下関）海峡を通行する外国商船や軍艦に大砲を撃ち込んで、翌一八六四年、長州とイギリス、フランス、オランダ、アメリカの列強四か国との間で馬関戦争が起こります。しかし、ぜんぜんかなわない。

たちまち決着がついて「攘夷などできるはずがない」と気づきました。開国して西洋に学ぶしかないと、ごく短期間に理解したのです。

若い連中が集まって議論していた大本山が松下村塾でした。玉木文之進《たまきぶんのしん》が開いて、甥《おい》の吉田松陰が引き継いだ私塾で、身分にかかわりなく塾生を受け入れました。ここから高杉晋作や久坂玄瑞《くさかげんずい》、伊藤博文、山縣有朋、品川弥二郎といった幕末から明治にかけて歴史を動かしていく面々が巣立ちます。

世界の情勢をよく認識していた吉田松陰は、ペリーに密航を頼み込んだものの願いがかなわず逮捕されたこともある、行動する学者であり思想家でした。松下村塾の教育は、一方的な講義にとどまらず、師匠と弟子が自由闊達《かったつ》に意見を交わしていたとも伝えられています。

倒幕を主張した吉田松陰が逮捕され刑死してからも、彼の薫陶を受けた門下生が中心になって、攘夷など無意味であると悟って侃々諤々《かんかんがくがく》たる議論を重ねました。

世界はどうなっているんだ。日本はどうするべきか。清国の様子を見れば一目瞭然だ。まったくイギリスにはかなわない。打ち払うことができないのなら、日本を西洋化するしかないだろう――これが新しい開国思想の始まりです。

高杉晋作は、藩命を受けて秘密裡《ひみつり》に上海に渡ったとき、西欧列強の軍事力と植民地化された現地の様子を見ています。日本はずっと中国に学んできましたから、中国の文物の豊かさはよく知っています。

アフリカやほかのアジアの植民地と比べ、清国は格段に土地が広大で物産は豊富、地大物博でした。西欧の国々から見ると欲しいものはたくさんある。

十八世紀から十九世紀にかけて、イギリスが清国から輸入していた三大品目は絹製品、茶葉、そして陶磁器でした。英語でチャイナというと陶磁器を意味するのはご存じでしょう。今でこそドイツのマイセンとか、イギリスのウェッジウッドとか有名なブランドもありますが、もともとは景徳鎮《けいとくちん》の陶磁器を真似しようとして始まったものです。

一方、中国から見れば、欲しいものはなかったんですね。そのことが貿易不均衡を呼び、イギリスがアヘンを持ち込んだことから戦争になった経緯はすでに述べました。まったく道義も恥もありません。さすがにイギリス議会では問題になりましたが、勃興期の資本主義は、世論を振り切って植民地獲得に邁進したのです。

長州は東シナ海を挟んで上海の対岸に位置するだけに、こうした世界情勢に敏感でした。尊皇思想によってまずは単純に攘夷に向かいますが、そんなことをしていてもダメだと気がつくと、変わり身が早い。西欧列強に学ばなくてはいけない。留学生を送って、西欧の科学から制度まで学んでしまおう、となったのです。

そうすることによって、日本の独立を守ろうと考えたのでした。尊皇思想という理念は変わらないけれども、行動は攘夷から開国へと百八十度転換します。鮮やかなものです。

それもこれも松下村塾の世界認識があり、高杉晋作が上海で見聞したようなリアルな危機感があったからでした。

立憲君主制はスマートな国家形態

世の中が物質的に豊かになればなるほど、危機は見失われがちです。

しかし、つねに危機は存在しています。今、自分が食べているものがおいしくて、観ているテレビが面白くても危機は依然としてある。

幕末、上海を見てきた高杉晋作をはじめとする長州の面々は、強い危機感を抱きました。もう徳川幕府ではダメだ。新しい政権を立てなくてはどうしようもない。外国と条約を結んで対等にやっていくためには、幕藩体制ではダメだと考えるわけです。

つまり大名連合のトップが徳川幕府だけれども、大名はそれぞれの領国をもち、独立国と言ってもいいような大幅な自治権をもっていました。幕府が勝手に開国して、しかも貿易を独占しようとしていることになります。

列強としても、幕府が必ずしも日本を代表する政権ではないと気づきますから、個別に藩を切り崩していけば租界や租借地などいくらでもできるでしょう。まさに植民地化の危機でした。

それを防ぐには、二百六十年も続いた徳川政権を倒して幕藩体制を変え、天皇を中心とした統一国家を作って、国力、軍事力を高めるしか手立てはない、となったのです。その考え方のベースになったのが水戸の尊皇思想でした。

こうした理屈による改革勢力、活動家がいわゆる「勤王家」です。

ただ、天皇を絶対的なものとして神聖視するのは、もっと後からの発想でしょう。天皇を中心に据えて、権威はもたせるけれども統治は政府が行う。目指していたのは、そのシステムを憲法によって規定するという立憲君主制でした。

つまり憲法をもち、君主をいただいて国を統治するのが、当時のいちばんスマートな国家形態で、ヨーロッパ諸国はだいたいそうなっていました。国王の権力を憲法によって規制する。これはなかなか洗練されたやりかたでしょう。

当時は今日的な意味での民権政治がスタンダードになっていた国は、世界中見回してもなかったと思いますね。それに近いのがフランスとアメリカでしょうか。

フランスは民権思想の勧進元のような国ですが、一七八九年、明治維新の八十年近く前にフランス革命で王政を倒したものの、ずっと試行錯誤の連続でした。共和制を敷いたものの、民権思想に基づく国家運営はなかなかうまくいきません。

ナポレオンが出てきて皇帝に即位、「帝政がいいんじゃないか」と第一帝政を開きます。ワーテルローの戦いでナポレオンが敗れると、王政復古があって、立憲君主国になりますが、革命によって第二共和政に移ります。しかしそれもクーデターでひっくり返って、ナポレオン三世が第二帝政を開きました。

西欧列強による植民地化が清国において進められたのがちょうどこのころで、日本はそのありさまを目の当たりにして幕末から明治維新への大転換を図ったのです。

フランス革命のほんの少し前、一七八三年にアメリカ独立戦争が終結、アメリカはイギリスの植民地からの独立を果たします。でもやっぱり試行錯誤しているんですね。みなさんご承知のように、ジョージ・ワシントンが初代大統領になるわけですが、当時、アメリカの国論としてはジョージ・ワシントンを国王にするという考えがかなりあったのだそうです。

当時は国家といえば王政が当たり前だったわけですから。ところがいろいろな意見がありまして、新大陸で新しい国を作るのだから、どうせなら今までになかった民権政府を作ろうという理想に突き進むわけです。これはフランスの自由民権思想の強い影響ですね。試行錯誤をしながら作り上げたアメリカの大統領制度ですから、今のアメリカの大統領はものすごい強権をもっています。世界各国の首相、大統領に比べると、ほとんど選挙制度で選ばれる国王と言っていいほどです。

行政権には独立命令である大統領令の発令が含まれ、立法には通過した法案への拒否権、軍の最高司令官としての指揮権をもつなど強大な権限をもっていますが、これは独立当時の名残でしょう。そんな形でないと治まらなかったということですね。

ともあれ、幕末から明治新政府の成立という時代、世界の趨勢は立憲君主制でしたから日本もそれを目指そうというのが大前提にありました。

もっとも、徳川幕府からすべてを取り上げてしまうのも極端ですから、徳川将軍を議長に据えた議会も想定されています。徳川幕府の目論見はそこにあって、公武合体による挙国一致体制に移行しようとしました。徳川慶喜《よしのぶ》はなんとかそちらの方向に持っていこうとするのですが叶《かな》いません。

鳥羽伏見の戦いが始まって、戊辰戦争の幕が開いてしまいました。

長州など西国諸藩を中心に、「完全に徳川を排除しよう」「自分たちの国を作ろう」と武力討伐に進んだのです。当時の世界情勢の中で、日本の置かれた立場に強い危機感を覚えていた人々は、「徳川幕府があいまいに権力を引きずったまま新しい政府に参画するのはよくない」と考えたのです。

幕末の名君、高須四兄弟

この武力討伐のとき、御三家筆頭の尾張徳川家は興味深い動きをします。

長州藩が朝敵となって、幕府が第一次長州征伐を行ったとき、征討軍総督に任じられたのが元尾張藩主の徳川慶勝《よしかつ》でした。参謀は西郷吉之助《きちのすけ》（隆盛）です。戦いを避け、長州藩が恭順すると、征討軍をさっさと解散してしまいます。その後、長州藩で再び勤王派が実権を握ったとき、第二次長州征伐には反対します。

そして大政奉還後は、新政府側につくのです。議定《ぎじょう》という新政府の官職に就いて藩内の佐幕派を押さえつけ、東海道を江戸まで攻め上っていくときの先頭は尾張藩が務めました。長州征伐のころは藩主を退いていた徳川慶勝でしたが、動乱の世になって再び藩主に就きました。よほど時代が見えていたのだと思いますね。


江戸時代、立派な藩主はたくさんいますが、実績を調べてみるとこの人ほど領民のことを考え、現実的な政治を行った名君は珍しい。

倹約をするとなると、自分はめざしとご飯しか食べないというくらい徹底する。紙にメモを取るときには、必ず裏表を使う。尾張藩の財政を立て直すときも、部下に丸投げにしたりせず、城の御殿に商人を呼んで、膝詰で談判しています。

本来、大名とは神秘的であるべき存在です。

中世からの伝統で、武将とは殿様一人を指します。それが大名で、ほかの家来は武将の補佐役や使用人、いわば付属品です。戦場にあって鎧袖一触《がいしゅういっしょく》、八面六臂《はちめんろっぴ》の活躍をする武将ですから、怪物的でなければいけない。神秘的であることが求められました。

人前に出て、商人と話をするなどとんでもないことです。そんな意味で、尾張慶勝という殿様はとても近代的な頭をもった名君でした。

尾張徳川家は、血筋が続かず何回も途切れて、そのたびに将軍家から養子をもらって家督をつないでいます。幕末に向かうときも途切れました。

そのころ尾張の支藩である美濃の高須《たかす》藩にいた松平義建《まつだいらよしたつ》というお殿様は、しっかりと政治もしましたが、健康で優秀な子供を大勢育てました。この中の一人、松平義建の次男にあたるのが慶勝です。

三万石ほどの小藩から養子に来た彼が、見事に尾張本家の財政を立て直すのです。これは小さな藩から来たお殿様だったからできたことだと思いますね。大藩の嫡子として乳母《おんば》日傘《ひがさ》で育てられたら、神秘性を優先させるでしょうから、商人の前に姿も見せられないでしょう。

そんな先進性が、幕末の尾張藩の進路を決めたのです。今、名古屋は東海地方の中心地であり、日本経済を引っ張るような産業の拠点になっていますが、新政府のごく初期に国政に参画していたことも、その後の発展につながったのだと思います。

慶勝の弟たちも揃って優秀でした。いろいろなところに養子に行って藩主を継いでいます。もっとも有名なのは、会津松平家に行った容保《かたもり》ですね。ご存じ、京都守護職として佐幕の中心的な役割を担います。久松《ひさまつ》松平家で桑名《くわな》藩主となり、京都所司代に任じられた定《さだ》敬《あき》、一橋《ひとつばし》徳川家を継いだ茂栄《もちはる》とともに「高須四兄弟」と呼ばれる優秀な兄弟でした。

このうち、容保と定敬はバリバリの佐幕側で、会津藩と桑名藩は新政府からは朝敵とにらまれます。慶勝は勤王の新政府側ですが、戊辰戦争の会津攻めには、さすがに尾張藩は兵力を送っていないですね。

維新の転換期、佐幕・勤王両方の藩主を出した美濃高須藩というのも、すごい国だったと思うんです。

決死の覚悟で学んだ明治期の留学生

人々の強烈な危機感から、とにかく明治維新を成し遂げることができました。

とはいえ、それで安心するわけにはいきません。そもそも新政府を作った目的は、国力をつけて列強の植民地にならないこと、そして幕府が結んだ不平等条約の改正です。外国人が日本で罪を犯しても、日本の法律で裁けない治外法権があったのでは、独立国とは言えないでしょう。

なんとしても政権を安定させて、国力をつけていくことが急務でした。

富国強兵・殖産興業が明治政府のスローガンになったわけですが、何ごとも始めるよりも続けることが重要で、しかも難しい。

それにはなんとか人材を育成しなければなりません。なにしろそれまでの二百六十年間、政治・行政に携わってきたのは、ちょんまげを結って、刀を差して、「殿様のために」という組織しか知らず、お米で給料をもらっていたお侍です。

そんな国が突然、「植民地にならないためには、西洋と同じ国にならなければならない」という、とんでもない課題に直面したのです。一難去ってまた一難、「もしそれができなかったら、やっぱり植民地にされてしまうぞ」「不平等条約はいつまでも改正できないぞ」という話です。

そうなると自分たちが今まで教わったこと、常識だと思っていることをひっくり返して、すべてあらためなければ新しい国は作れません。

手っ取り早いのはヨーロッパやアメリカに留学生を送り出して、一年でも二年でもそこで生活させて、勉強させて戻すことでした。西洋の知識、技術や制度をどんどん仕入れて日本で採用する、産業を興して生産するという方法をとったわけです。

留学生の行き先を見ると、数が多かったのはアメリカです。航路が開かれたのが早かったですから。ただ、専門的なことを学ぶとなるとヨーロッパでした。医学ならドイツ、鉄

殖産興業の一環として建設された富岡製紙場

道・交通ならイギリス、社会制度に関してはフランスという風に、それぞれの分野の先進国に留学生を送り込みます。

当時のアメリカは、とくに科学技術の分野で、ヨーロッパの後塵を拝する新興国、未完成な国家でありました。

一方、当時のイギリスは鉄道網が発達した交通先進国でしたから、今で言う国土交通省関係の役人たちを留学させたのですが、おかげで今も、自動車が左側通行という国はイギリス連邦と日本くらいしかありません。

だから、外国旅行をしたときに、国際免許を申請してもっていっても、ほとんどの国で怖くて運転できませんよね。今さら直すわけにはいきませんが、これも明治時代、最初にイギリスに学んだからなんですね。


その当時、ヨーロッパに行くには船で優に一か月はかかります。インド洋からスエズ運河を通過し、地中海を渡ってマルセイユに入り、そこから鉄道でパリに入るというのがメインルートです。だから留学する人はみんな決死の覚悟でした。

幕末には幕府や各藩から、明治になると政府や民間の企業などから人を出して、いろいろなことを学ばせるのですが、優秀な人たちが決死の覚悟で行っているわけですから、吸収する力はものすごい。

軍隊は優秀な人間をフランスの士官学校に留学させて、先進の軍事制度を日本に導入しました。ＮＨＫのドラマにもなった『坂の上の雲』に登場する世代の人たちですね。

この時代に、優秀な人材が揃っていたことは間違いないでしょう。日本人は江戸時代から教育熱心だったこともあり、識字率も高かったことはよく知られています。しかも国を背負って学んでいるという気概があります。個人の栄達や名誉より、日本という国を近代国家にするのだという意識は非常に強かったと思いますね。

結果として、日本は急速に産業化して、軍隊も強くなりました。富国強兵の実が挙がったのです。

そして明治二十七年（一八九四年）、朝鮮半島をロシアとの緩衝地域にしたい日本と、朝鮮の宗主国である清国との間で戦争が起こります。日清戦争ですね。この勝利をきっかけに列強への道を歩み始めた日本は、日露戦争にも勝って、世界の五大強国のひとつに数えられるまでになります。今からは信じられないくらいの、明治の人々の努力の結果でした。

多方面で活躍した明治の人材

明治になってもしばらくは、近代的な教育制度が整っているわけではありませんから、頭のいい人、優秀な人の数は限られます。だから一人の人が何種類ものことをやるのは、明治人にとっては当たり前でした。

明治の留学生は、あらゆるものを見て、身につけてこようとします。決してひとつのことでは満足しない。

「お前はこれを学んでこい」と命じられると、もちろんその主目的は果たすわけですが、それ以外のさまざまな分野も学んでくる、修めてくるというのが明治の留学生でした。

その一例は映画です。昭和初期には、早くも日本は映画先進国になっていました。最近はハリウッド映画に圧倒されていますが、古い日本映画には名作が多いですね。黒澤明《くろさわあきら》が世界の注目を集めたのも、映画先進国としての土台があったからです。

これには理由がありました。日本は映画が入ってくるのも、製作するのも早かったのです。京都府派遣の留学生としてフランスのリヨンに渡った稲畑勝太郎《いなはたかつたろう》という人が、染色技術や化学を学んで帰国後、染料店を創業しますが、それに飽きたらず数年後、再度渡仏して発明されたばかりの映画を持ち帰ったのです。「シネマトグラフ」を発明したリュミエール兄弟の兄、オーギュスト・リュミエールは、リヨンの技術学校の同級生でした。

新京極《しんきょうごく》の空地に幕を張って試写したのが、本邦初の映画上映になりました。本業の染料店は、今では化学製品や合成樹脂などを手がける稲畑産業となって、海外展開する大企業になっていますが、京都の産業にもうひとつ大きな影響を与えたのが映画でした。現在、京都には撮影所がたくさんあって、太秦《うずまさ》の映画村が観光客を集めているのは、実は京都が日本の映画産業発祥の地だったからなのです。

実際、明治時代の人には、「いったいこの人、本職は何だろう」という人がたくさんいます。たとえば森鷗外《もりおうがい》。小説家として、私の大先輩にあたる人です。口語体の小説を書いた嚆矢《こうし》となる人です。革命的な日本文学の旗手ですね。

では彼の本業はといえば医師、医学者でした。長州のすぐ隣、石見国津和野《いわみのくにつわの》の出身で、東京大学医学部を出ると陸軍軍医になって、ドイツに留学、先進の医学を修めて帰国します。だから彼はまず医師、医学者であり、軍人であり、文学者である。軍医としては陸軍軍医総監という最高位まで上り詰めていますから、軍服を着ている写真が多いですね。森鷗外は陸軍中将だったんですよ。

そして、新渡戸稲造。少し前まで五千円札に描かれていた人ですが、「誰？　知らなかった」という人も多かった。お札になるくらいですから偉人であることは間違いないのですが、あれやこれやと手がけたので、イメージが拡散してしまったんでしょう。

悲願の不平等条約改正を実現

盛岡藩士の三男に生まれた新渡戸稲造は、札幌農学校（現・北海道大学）で農学を学んで、いったんは道庁に勤めますが、さらなる学問を志して東京大学に進み、アメリカに留学し、帰国して自らも学んだ札幌農学校で教鞭《きょうべん》をとります。

このころ、貧しくて教育を受けられない若者たちのために、アメリカ人の奥さんと一緒に男女共学の夜学校「遠友夜学校」を開きました。つまり農学者で、教育家で、明治時代としては珍しいクリスチャンでしたから、宗教家としても有名です。

先にも述べましたが、同郷の後藤新平に請われて台湾に渡り、総督府で精糖産業の基礎を築きます。農学や農業経済の専門家ですから、日清戦争によって得た台湾を、経済的に自立させるためにはどうすればいいかを研究して、サトウキビによる精糖産業を興すんですね。

すなわち、ヨーロッパ流の搾取的な植民地経営ではなく、インフラを作り、産業を興して自立せしめる。この方法は大成功を収めました。

日露戦争後、明治三十年代に世界的ベストセラーになった『武士道』を著したのも新渡戸稲造です。国際的に知名度の高い日本人だったので、一九二〇年に国際連盟が設立された際、事務次長に選ばれています。

教育者として、第一高等学校（現・東京大学）校長や東京女子大学学長などを歴任したほか、多くの学校設立にも関係しています。

短くまとめるのは難しいほど、非常に多方面で活躍した人ですが、日本が国際連盟を脱退したあと、カナダで開かれた会議に、日本代表団団長として出席した後、客死してしまいます。過労死と言っていいですよ。日本の孤立化は国際人である彼にとって、大変なストレスになっていたのでしょう。

このように、明治時代の優秀な人たちはいくつもの仕事を抱えて、命をなくすまで働きました。

森鷗外もしかり、亡くなるまで帝室博物館総長、つまり国立博物館の館長を務め、日本の文化財の保護・整理に力を尽くしました。

明治時代、日本は西洋文明を追いかけて短期間に工業化を果たし、日清戦争・日露戦争を経て、軍事力でも経済力でも列強に肩を並べるまでになりました。

悲願だった不平等条約も少しずつ改正が進んで、明治四十四年（一九一一年）には、完全に諸外国と対等の関係になります。非キリスト教国で、非白人の国として、これは画期的なことでした。経済力や民主主義の発展を基礎として粘り強く外交交渉を重ね、ついに悲願の条約改正を果たしたのです。

ここに至るまでには、陸奥宗光《むつむねみつ》、金子堅太郎《かねこけんたろう》、小村壽太郎《こむらじゅたろう》といった人々が活躍しますが、みんな留学組で、苦労して勉強してきた人々ですね。

新渡戸稲造が事務次長に就任した国際連盟の発足に先立ち、第一次世界大戦後の国際体制を決めるパリ講和会議で、日本は人種差別撤廃案を主張しています。

アジアの独立国として、有色人種のリーダーたらんという姿勢は、多くの国の支持を得ることができたのですが、アメリカ、イギリス、オーストラリアなどの反対によって否決されてしまいました。

日露戦争で二〇三高地攻略に向け集結する日本軍

賠償金が取れなかった日露戦争

日本は、一種アジアの希望の星とも言える地位に就いたのですが、一方では軍事力で他国を押さえつけていこうとする帝国主義国家の性格も、明治時代に身につけていきました。

植民地にされないために明治維新を成し遂げ、必死に西洋文明に学んだ日本が、なぜ植民地を奪う側に回っていったのか。

日清戦争については、明治政府の悲願だった条約改正のために、「日本は近代的な戦争のできる強い国になったと示さなくてはならない」という意図もあったようです。当時の外務大臣だった陸奥宗光が、はっきりとそう言っています。

そのころの資本主義は、植民地によって成り立つものと考えられていましたから、いわば「先進国になったぞ」とアピールする戦争だったとも言えます。

とはいえ日清戦争後の日本は、新渡戸稲造が台湾で実現したように、搾取的なヨーロッパ流とは違う植民地経営を行っています。韓国併合は今に至るナーバスな問題の発端となっていますが、インフラや教育政策など、近代国家としての基本的な整備がこの時期に行われたことは事実でしょう。

軍事力で他国を押さえつけていこうとする帝国主義国家の側面が強くなるのは、やはり日清戦争で巨額の賠償金が入ってきたからでしょう。

日清戦争で、当時の国家予算の二倍もの戦費を使って勝利を収めると、台湾などが割譲されたほか、使った以上の莫大な賠償金が入ってきて、日本は空前の好景気に沸きます。官営八幡《やはた》製鐵所や京都大学はこの賠償金で設置されたのです。

戦争は儲かる、得をするという体験をしたわけですが、その好景気も長くは続きません。山が高かっただけに、やがて深い谷間の不況期が日露戦争まで続きます。

日露戦争は、冬に凍らない港を求めて南下政策をとるロシアによって朝鮮半島が奪われるのではないか、そうなったら日本も危うくなる、という恐怖心から起こった戦争です。ご存じの通り、どうにか勝つことができて、列強の仲間入りをするわけですが、払った犠牲も大きかった。

日露戦争の戦死者八万四千人は、およそ一万三千人の犠牲者を出した十年前の日清戦争から急増しています。しかも日清戦争では、このうち一万人以上は病死で、戦死者は千五百人以下だったという記録もあります。桁違いに戦死者が増えたのは、機関銃などの近代兵器が登場した史上初の戦争だったからです。

戦費もものすごくかかりました。国家予算の六倍にあたる十七億円です。このうち八億円が外国からの借金、九億円が国民からの借金と増税でまかなわれました。

ところがポーツマス講和条約で、当初の目的だった朝鮮の独立こそ守れましたが、賠償金は取れません。おびただしい血を流し、戦費の負担に耐えて頑張った国民の不満が爆発して、内務大臣官邸、新聞社、交番などが暴徒に襲われる日比谷《ひびや》焼き討ち事件も起こりました。

「血潮と交《か》えし満洲」

実は日露戦争の少し前から、選挙制度が変わっていました。それまで選挙権・被選挙権をもっていたのは税金をたくさん納めている人、つまり地方の地主が中心で、議員も地主が多かった。軍備を拡張しようにも、増税など反対が多くてできません。だから地主以外の層、貿易や工業生産で潤う商工業者も議員になれるようにしたのです。

国民の声が議会に届くような仕組みが整備されてきて、日露戦争の前後から政党政治の時代になってくるわけですが、明治維新を成し遂げた人材たちとは違う人々による国の舵取りへと、時代は変わることになります。エリートたちの政治から、大衆を意識した政治へと変化するのです。必然的に国の目指す方向も変わります。

アメリカ・ポーツマスでの日露講和会議

「戦争は儲かるはずだったのに、話が違うじゃないか」といった不平不満も届くようになります。これもまた大陸での利権確保を後押しする力になっていきました。

日本はロシアから賠償金は取れませんでしたが、ロシアが清国領内にもっていた権益を引き継ぐことには成功します。そのひとつが南満洲鉄道、いわゆる満鉄の獲得です。その鉄道権益は、十年もしないうちに広大な日本人街に姿を変えました。清国領内ですから好き勝手に日本人街を作ったりできないはずですが、こんな方法がとられたんです。

ポーツマス講和条約の追加約款では、鉄道守備隊を一キロメートルあたり十五名以内の割合で配備できることになっていました。旅順《りよじゆん》と長春《ちようしゆん》の間は、七百六十四・四キロありますから、守備隊だけで約一万一千四百名、さらに条約員数外の司令部要員などを含めて、一万四千四百十九名もの日本軍が、合法的に駐留できたのです。

租借地である関東州の兵員を合わせれば、実質二個師団の大部隊です。第一次世界大戦後、平時の常備師団が十七個だったのですから、この兵力がいかに大きいかわかります。どう見ても外征軍と言うべきこの軍事力を背景に、日本は鉄道附属地の拡大を推進した。鉄道には線路に沿って幅六十二メートルの附属地が規定されていましたが、これは拡大できません。ポーツマス条約と、ロシアが清朝と結んでいた北京条約の内容は侵害できないからです。一方、駅周辺の規定はあいまいだったので、拡大解釈することで附属地が広がっていったのです。

瀋陽（奉天）は、清王朝が建国されたときの都城の地です。古来、地域の中心として栄えてきた場所でしたが、二十世紀初頭にはロシアの勢力下にあり、日露戦争では奉天会戦の舞台となりました。

その瀋陽の駅頭には、奉天会戦の忠魂碑が駅舎にも先んじて建てられ、やがて日露戦役記念碑が建てられています。幅二十間の広さで、両側には街灯と街路樹の並ぶ歩道まで付いた立派な通りもできました。

「血潮と交《か》えし満洲」という言葉通り、莫大な犠牲を払って、中国東北部に権益を確保したのですから、これを守りたい、侵されたくないと日本は強く願うようになります。とりもなおさず、これは列強が十九世紀から行ってきた植民地獲得競争への参加でありました。やがて中国大陸での権益確保を目指すアメリカや、権益の減少を避けたいイギリスとの対立へとつながっていくのは当然の帰結でありました。

第五章　参勤交代から覗く「江戸時代のかたち」

固定観念を排して大名行列を調べてみると

時代小説や時代劇の影響が大きいのでしょうが、私たちは江戸時代を固定観念をもって見ています。たとえば大名行列といえば「下にぃ、下に！」という声で、手槍を振り上げながら東海道の松並木を歩いてくる。もし出会ったら、百姓、商人はみんな土下座して顔も上げられないという情景をイメージするのではないでしょうか。

ところが小説を書くにあたっていろいろ調べてみると、実態はかなり違うようです。

まず、手槍を立てて、「下にぃ、下に！」という先払いの声。実は、これが許されたのは御三家だけです。そのほかの殿様はできません。

これは考えてみれば当たり前でした。殿様にはそれぞれの領国があって、自国であれば自分の領民ですが、江戸に上ってくる最中は他国の領地や幕府領（天領）を歩いてくるわけですから、そこの領民に対して土下座を命じることは道理としてできません。せいぜい全国を支配する徳川将軍家、御三家までが許されたわけです。

三百諸侯と呼ばれますが、正しくは二百八十家ほどの大名、プラス高位の旗本も参勤交代をするケースがあるのでほぼ三百家が参勤交代をしていました。

参勤交代の経路としては、東海道を百六十家が利用していますから、安藤広重《ひろしげ》の『東海道五拾三次』のような風景に、大名行列が通っているイメージはあながち間違いでもありませんね。中山道を使ったのが三十家、あとは東北や北関東などの殿様ですから、日光《にっこう》街道や奥州《おうしゅう》街道を使っています。

また、土下座はどの程度あったのか。実はほとんどなかったそうです。

どういうことかといえば、大名行列が通る前はまず先触れが出て、「〇〇家の〇〇守様がお通りになるので控えおれ」という知らせが来ます。

そうすると大名行列が通過するとき、通りからいなくなるだけでいいんです。家の中に入って、戸を閉めてしまえばそれで問題ありません。中には戸の隙間から見ている人もいるでしょう。江戸時代の緩さっていうのはいいですね。

知らせを聞かずに、畑からクワをもって戻ってきてしまった人とか、たまたますれ違うことになった旅人とか、そんな人を除けば土下座をしなければならないケースは少なかったのです。


江戸幕府は街道のあちこちに関所を設けて、鉄砲などの武器が江戸へ入ることや、江戸から地方へ下る女性を取り締まりました。キャッチワードは「入り鉄砲に出女」ですね。江戸に住む諸大名の子女は、幕府に反旗を翻さないようにするための人質ですから、自国へ逃げ帰らないよう、地方へ下る「出女」に目を光らせたのでした。

関所があれば、関所破りも出てきます。もっとも刀を振りかざして文字通りに突破したのは、私の知る限り国定忠治《くにさだちゅうじ》だけですが。

関所を通行するには旅行許可を証明する鑑札、通行手形が必要です。もっていなければ裏山を抜けることになりますが、関所にはやぐらがあって見張っています。関所破りは重罪とされ、磔刑《たっけい》に処せられるという決まりでした。

では山を越えようとして捕まってしまうと、待っているのは磔刑かというと、案外そうはならなかった。役人が「お前は道に迷ったんだな、道に迷ったのだと言え」と迫り、

「はい、道に迷いました」と素直に答えれば、「そうか。通行手形をもっていないのだから、江戸に帰りなさい」となって、これで放免されたようです。

関所破りには違いないけれども、道に迷ったことにするという、大変寛大な世の中でした。ひと昔前までは、江戸時代というと支配階級である武士が威張っていて、庶民は虐げられたかわいそうな存在だ、厳しい身分社会だったという思い込みがありましたが、実はそうでもなかったことが、近年、いろいろと明らかになってきています。

社会制度、文化、習俗、考え方など、現代の日本に見え隠れする基盤が作られたのは江戸時代です。今、あらためてこの時代に学ぶべきことも多いのではないかと思います。

本章では、参勤交代・大名行列を入口にして、江戸時代を見ていきましょう。

「法」に先立つ「礼」の概念

現代の日本は、江戸時代よりも法治国家としてたしかに進歩しています。法の規定なしに、個人の自由が侵されることはありませんし、法に触れない限り罪に問われたりもしません。とはいうものの、「これは進歩ではなく退行しているんじゃないかな」と思うこともしばしばあります。江戸時代について勉強すればするほど、「これはいいな」「復活しないかな」ということに思い当たるのです。

そのひとつが、「寛容」です。杓子定規に善か悪かで分けてしまうというのではなく、「緩さ」はあっていい。たとえば法律的には善か悪で二分されてしまいますが、その間がある。白か黒かではなく、実際は中間に無数のグレーがあるわけです。

法という概念が人類社会に登場したのは案外新しく、それ以前には何が社会規範になっていたかといえば礼儀ですね。「礼」が廃《すた》れたから「法」を作らざるをえなくなったというのが、人間社会の流れです。だから法が万能というわけでもなくて、現代でも法に先んずる礼式がなくてはいけないんですね。

ところが今の世の中は、法治国家が完成したということなのか、「法律に触れていないからやってもいい」と考えることが多い。でもそうじゃないですよね。やはり法よりも大切な礼というものがあります。

たとえばコンビニの前で夜遅くまでたむろしている若者がいます。「家に帰んなよ」と注意しましたら、「法律に触れてんのかよ、おじさん」といった答えが実際に返ってきたことがあります。そこで議論するのも面倒くさいので、放免してしまいました。

たしかにこれは法には触れていません。でも、夜になったらおとなしく家に帰って寝るのが当たり前。これはひとつの礼です。人の目障りになるような行為をしてはいけない、不快感を与えてはいけない。これもひとつの礼儀ですね。

こういった良識、社会生活の前提といったものが、法治国家の成熟とともに急激に衰退していった。これも事実であると思います。こんな主張をすると右寄りだとか、古くさいとか言われますが、忘れてはいけないことだと思います。

二百五十年近く続いた参勤交代

参勤交代は、正しくは「参覲交代」と書きます。

「勤」と「覲」、どう違うのか、漢字的な解釈をしますと、「勤」は仕事をする、はげむという意味ですから、参勤は通勤だと考えていいでしょう。一方、「覲」は君主にまみえる、お目にかかるという意味です。だから徳川将軍に謁見を賜るということになります。

「参勤」と書くようになるのは江戸時代後期になってからで、それまで「参覲」でした。つまり、幕末が近づくと、将軍に忠誠を誓って謁見するのではなくて、定例化した仕事という感じになってきたのではないでしょうかね。

ともあれ参勤交代は、徳川家に対する諸大名の服属儀礼です。もともとの始まりは鎌倉時代のようです。鎌倉幕府は一大事という際には、諸国の武士に招集をかけました。佐野《さの》源左衛門常世《げんざえもんつねよ》が「いざ鎌倉のときは、真っ先に駆けつけます」と言ったという、有名な『鉢木《はちのき》』という謡曲がありますが、招集がかかれば軍備を整えて鎌倉に駆けつける。これが定例化していくわけです。

ただこれは法や定めにはなっていませんでした。豊臣秀吉は支配下の大名に京・大坂で屋敷を与え、そこに妻子を住まわせました。大名（藩主）は一年ごとに往《ゆ》き来していましたが、これも決まりがあったわけではありません。

初めて明文化、法制化されたのは一六三五年です。大坂夏の陣の後、徳川の天下が定まった段階で、全国の大名は江戸に参勤するようになりましたが、法によって江戸参勤が定められたのは三代将軍・徳川家光の時代でした。武家諸法度の改正（寛永令）で、「諸大名、参勤作法の事」という一条を加えて参勤交代が義務づけられたのです。

武家諸法度とは全国の大名に対する決め事、いわば武士の憲法です。

当初は、外様大名だけにこの義務が課せられていました。外様大名は関ケ原以降に忠誠を誓った大名ですから、家康にしてみれば余り信用が置けない。機会があれば謀反を起こすかもしれない。だから初期の段階では、外様大名だけ参勤交代をさせています。

江戸に屋敷を与えて、そこに正室と跡継ぎを住まわせ、大名を東と西に分けて、一年ずつ交代で参勤させたのです。

一種の安全保障政策ですね。どこかで謀反が起きても、半分の外様大名は江戸にいます。また、大名たちは江戸と国元で二重に費用がかかり、往復にあたっての大名行列でも出費がかさんで、軍備に回せなくなります。

最初は外様大名だけに義務づけられていましたが、一六四二年からは家康が三河《みかわ》にいたころからの家来である譜代大名にも参勤が命じられました。三代将軍の時代は、大名も三代ほど替わっているわけです。譜代だからといって信用できるとは限らないし、忠義に篤い外様もいるというわけで、原則としてすべての大名に参勤交代が義務づけられたのです。

大名を地域で分けるのをやめて外様大名が四月、譜代大名が六月または八月の交代になりました。

藩主は一年を江戸で過ごすと、翌年は国元で一年を過ごす。その繰り返しです。毎年、江戸と国元との往復を、藩主である限り続けるのです。

そしてこの制度がなんと約二百五十年も続く。全国の大小約三百のお殿様が二百五十年近く、大名行列を組んで参勤し続けたのです。世界にも例のないダイナミックな制度でした。

将軍は天皇よりも神秘だった

将軍を主君としていただくことで、石高一万石以上の領地（藩）を与えられたお殿様、すなわち藩主が大名です。これが大名の定義ですので九千石の大名というのはありません。お侍の中では最高の階級です。

それに次ぐのが旗本ですが、こちらは徳川の直臣になります。将軍の家来ですから、石高の違いはあっても大名とは違う権威がありました。徳川の直臣にはもうひとつ御家人がありほす。旗本と御家人の違いは、将軍にお目見えする資格があるかどうか。将軍に直接お目通りできるのが旗本、そうでないのが御家人です。

石高が高くてもお目見え以下の御家人もいますし、石高が低くてもお目見え以上の旗本もいて、これは原則として世襲します。

大名が神秘の存在であったことは前章でも述べましたが、将軍はさらに神秘な存在ですから、肉眼で見るなどとんでもない。お目通りがかなって、たとえ「面《おもて》をあげよ」と声をかけられても、顔をあげて直視などしてはいけません。「面をあげよ」は、畳に擦り付けていた額を離すくらいの感じです。

後年、安芸《あき》広島藩の最後の藩主、浅野《あさの》長勲《ながこと》が大名の暮らしについて語っています。この人は、外交官を務めたり、日本で最初の洋紙製造会社を作ったり、明治天皇の命で、幼いころの昭和天皇の養育係を務めたりしています。昭和まで長生きして、歳をとってからは思い出話をいろいろしゃべったんですね。

大名の存在そのものが神秘だから、まず世の中に出てこない話なんですが、傘寿（八十歳）も超えた浅野長勲が話した内容が、歴史の記録として残っていまして、非常に面白い。浅野ご老公はこんなことを言っています。

初めて明治天皇にお目見えを賜わったときに、「なんだ、天皇というのは将軍よりも偉くないのか」と思ったのだそうです。なぜかといえば「見てもよかったから」でした。

維新後、明治天皇は完全に洋風な暮らしを強いられたので、宮殿では椅子に座られていまして、お召しを賜った華族たちは立礼して謁見するという形になるわけです。つまり、天皇の姿を見ても無礼ではない。親しくお声もかけてもらえる。

ところが数年前の将軍家というのは、江戸城の白書院だとか大広間だとか、段差のある座敷が連なる、いちばん奥の最上段に将軍が座っています。大名は格式に応じた下段に召されて、そこで畳に額を付けたまま顔をあげることもできません。だから将軍がどんな顔つきなのかもわからない、これが実態でした。

今は、「話しているときは人の目をちゃんと見ろ」なんて言いますよね。これは明治以降の話であって、江戸時代は、目上の人の目を見るなんてとんでもないことでした。文字通り「目上の人」だったわけで、こうしたときには胸元あたりを見るのが礼儀だったのだそうです。これは一般の人でも同じでした。

大名は将軍を見てはいけない。大名の家来は、主君である大名を見てはいけない。前述の「お目見え以上」「お目見え以下」も、本当は「お目にかかる」という意味ではなくて、将軍の目に「触れてもいいか、いけないか」ではなかったのかと思います。つまり、将軍が廊下を歩いているとき、廊下の端にひれ伏しているのはお目見え以上、そこまで入ってくる資格のない人がお目見え以下、という区分のほうが正しいように思います。

半年交代の藩もあれば六年に一度の藩も

さて、実際に参勤交代をするとなると、距離のハンディキャップは大きいですよね。川越とか小田原とか、関東の近いところは楽です。千葉県のあたりは、小さな大名がたくさんいました。いくらなんでも鹿児島や青森から来る人と、千葉埼玉から来る人が同じじゃおかしいだろうということで、関東近郊の大名は半年交代でした。

これはこれで大変です。半年交代はかなり忙しい、落ち着く間もなく、江戸と国元を往復しなくてはいけません。

反対にあまりに遠いという大名もありました。当時、江戸からもっとも遠いとされていたのが北海道の松前藩《まつまえ》です。松前藩のお殿様に関しては六年に一回でいいことになっていました。

もうひとつの特別扱いは対馬藩《つしま》です。宗《そう》家という古くから対馬の領主だった大名がいて、朝鮮通信使の窓口にもなっていた藩です。この対馬藩宗家の参勤交代は三年に一回とされていました。


では参勤交代には、どのくらいの時間がかかったのでしょうか。

松前藩や対馬藩といった特例を除けば薩摩藩の島津《しまづ》家がもっとも遠そうです。片道で一か月から一か月半かかっています。一か月から一か月半とはずいぶんいい加減じゃないか、誤差が大きすぎると思われるかもしれませんが、これは瀬戸内海を船で通るか、陸路を歩くかの違いのようです。陸路を歩けば日数がかかってしまいます。いずれにせよ最短でも、薩摩から江戸まで一か月はかかったということです。

意外に遠いのは山陰地方で、鳥取藩池田家の記録によると、片道二十日間が平均的な所要日数だったようです。

加賀《かが》藩前田家は十三日、割と近いですね。ただ加賀から江戸はルートの選択が難しい。現代でもそうですね。東京から金沢に行くときは悩みます。東海道新幹線で米原《まいばら》で北陸本線に乗り換えるか、上越新幹線で越後湯沢に行って、ほくほく線経由の金沢行き特急に乗るか。今、いちばん早く着くのは羽田空港から小松空港に飛んで、特急バスに乗る方法ですが、北陸新幹線が金沢まで開業すればこれがもっとも便利なのでしょうね。

江戸時代も同様で、草津から東海道に合流していく西回りコース、北陸道を通って寺泊《てらどまり》から高崎へと三国街道をたどるコース、あるいは米原（当時は番場《ばんば》）から中山道へと回るコースと三つほどありまして、時々に応じて使い分けていたようです。

しかし、加賀藩前田家にはもうひとつの悩みがありました。加賀といえば百万石、外様大名とはいえ別格の大大名です。これに次ぐのが薩摩の七十万石、伊達《だて》（仙台）の六十万石といったところですから、前田家にはステータスと誇りがあります。いちばん立派な、どの藩よりも見事な行列を組まなければいけないという強迫観念がついて回りました。

記録にある大名行列の最大人数は、加賀藩前田家の四千人です。これだけの人数になるとひとつの宿場では泊まりきれません。だから三つくらいの宿場に分宿して、それを並行移動させるような行列でした。その費用は、現代の額に換算して四億〜六億円とされますから、相当な負担でした。

ある時期、徳川幕府から、「近頃の大名行列は自分のメンツばかり考えて、派手になっているようだけれど、少し倹約しなさい」という旨のお触れが出たりしていますが、参勤交代の効用のひとつは、大名たちに蕩尽《とうじん》させることでした。財産を空費させれば謀反を起こすこともできなくなるだろうという目論見通りに運んだわけです。

大大名には大大名の苦労がありましたが、参勤交代を義務づけられていた旗本も三十ばかりあって、これはかなり苦しかったと思います。私が調べた限り、最小の大名行列は三十七人でした。観光バス一台分という感覚ですから小さいですね。

私の『一路』という小説は、交代寄合という格式の高い旗本の家で大名行列を差配する役目に突然就いた若者が主人公です。小説の蒔坂《まいさか》家は七千五百石で、それでも費用負担や人員配置などに苦労の連続ですが、交代寄合の中には二千石に満たない家もありますから、行列の苦労が偲《しの》ばれます。

参勤交代によって街道や宿場の整備が進んだ

大名行列はおおむね旧暦四月か六月の気候がいいときに移動しています。各大名でその時期が決まっていました。

あまり一時期に集中すると、将軍への謁見も重なって江戸城もスケジュール調整が大変になります。沿道の宿場も、あまりにもハイシーズンとオフシーズンの差が大きいと、やっていけなくなりますから、うまく按配《あんばい》してありました。

外様大名は四月、譜代大名は六月または八月というところを、尾張、薩摩、紀伊、加賀の四藩は三月です。まず三月に大きな行列を通して、それから各藩と続きます。旧暦ですから、梅雨の前後に移動していたということですね。

春から夏だけかというとそうでもなくて、参勤交代の時期は幕府が綿密な指示を出していたので、十一月組とか十二月組に配分されることもありました。老中や若年寄などの役職に就くと、江戸城に常駐するので、参勤交代はなくなります。さまざまな理由で、変更になることもあったので、ある程度、均等に大名行列が通るように、徳川幕府は配慮をしていました。

これなど現代に導入したほうがいいんじゃないでしょうか。ゴールデン・ウィークやお盆にみんな休みが集中して、中央高速が五十キロ渋滞とか、大都市周辺の高速道路が軒並み大渋滞などというのは、あまり利口なことではないと思います。参勤交代を応用して、均等にみんなが休むような仕組みは考えられないものですかね。

ともあれ、参勤交代という制度によって全国の街道や宿場の整備が進みました。

江戸時代、五街道をはじめとする主要な街道は、各藩の領内であっても幕府の道中奉行の管轄下に置かれていました。街道には宿場が指定され、人馬を交代して送るなど物流支援の鍵となる役目を果たした問屋場《といやば》や、大名の宿舎である本陣、一般の武士、庶民などが利用した旅籠《はたご》などが整備されたのです。

何百人何千人の行列がしばしば往来したわけですから、大きな経済効果がありました。人の移動は江戸の文化が地方に伝わるだけでなく、各地の文化が往き来し合う効果も生みました。幕末には開明的な学者や思想家が全国各地に現れます。こうした人物を訪ねて志士が動き回るわけですが、街道がよく整備されていたことは、文化や思想が伝わり影響を及ぼし合うという意味で、重要なポイントでありました。

善光寺
長野
北国街道
上田
小諸
追分
沓掛
軽井沢
坂本
松井田
安中
板鼻
高崎
倉賀野
新町
本庄
深谷
熊谷
鴻巣
桶川
上尾
大宮
浦和
蕨
板橋
日本橋
日光街道
浅間山
榛名山
赤城山
上野
下野
碓氷峠
妙義山
利根川
荒川
千曲川
武蔵
小田井
岩村田
塩名田
八幡
望月
芦田
長久保
和田
和田峠
下諏訪
塩尻峠
塩尻
松本
上諏訪
霧ヶ峰
諏訪湖
洗馬
本山
贄川
奈良井
鳥居峠
藪原
駒ヶ岳
高遠
金沢
台ヶ原
韮崎
甲府
勝沼
甲斐
甲州街道
大月
猿橋
小仏
八王子
府中
品川
神奈川
信濃
相模
富士山
藤沢
平塚
小田原
箱根
駿河
吉原
沼津
相模湾
府中
静岡
駿河湾
伊豆
遠江
藤枝
掛川
太平洋

東海道中山道ルート図

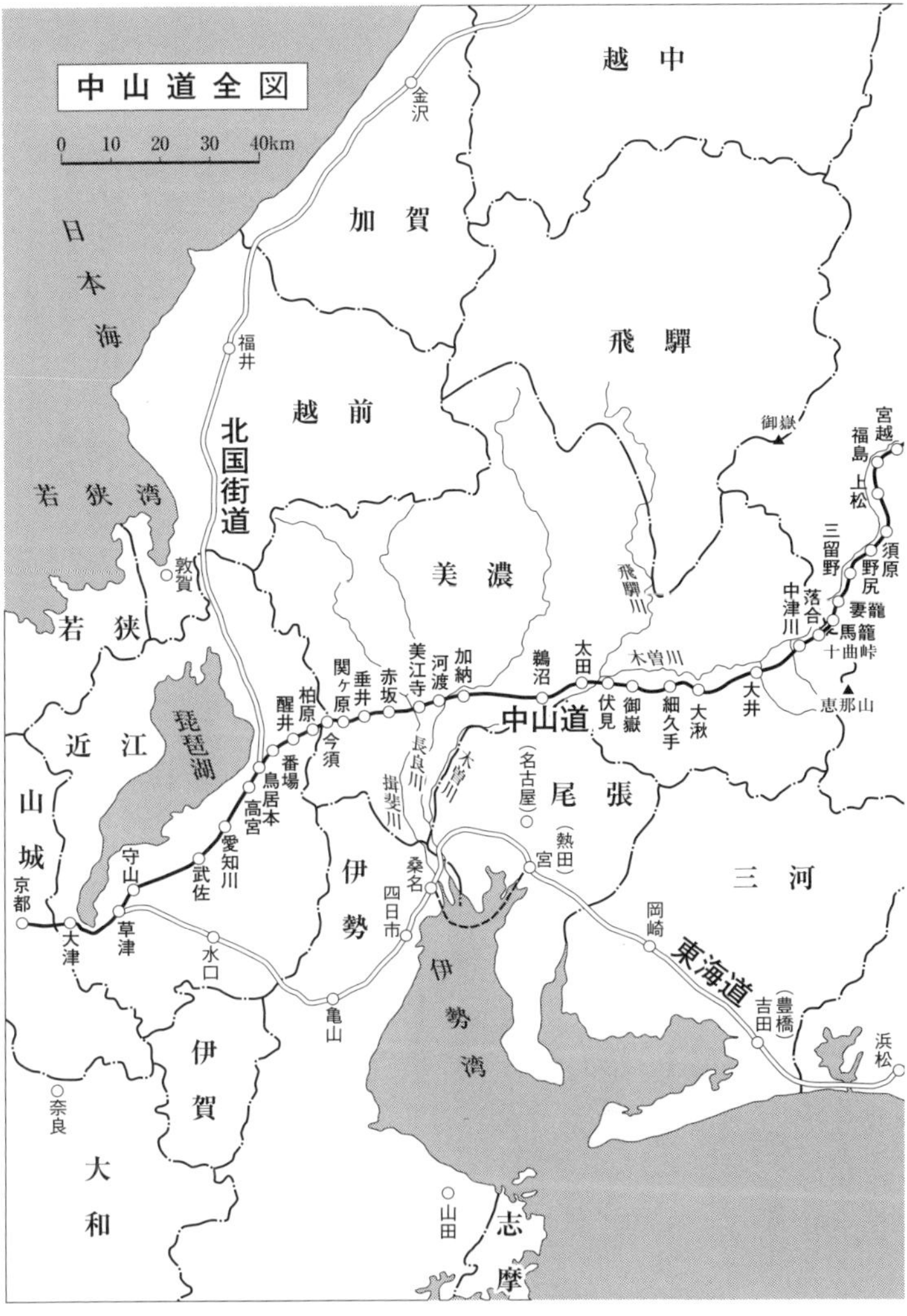
中山道全図
0 10 20 30 40km
越中
加賀
飛騨
越前
美濃
日本海
若狭湾
若狭
近江
琵琶湖
山城
伊勢
伊賀
大和
尾張
三河
志摩
伊勢湾
北国街道
中山道
東海道
金沢
福井
敦賀
京都
大津
草津
守山
武佐
愛知川
高宮
鳥居本
番場
醒井
柏原
今須
関ヶ原
垂井
赤坂
美江寺
河渡
加納
鵜沼
太田
伏見
御嶽
細久手
大湫
大井
中津川
落合
馬籠
妻籠
三留野
野尻
須原
上松
福島
宮越
十曲峠
恵那山
御嶽
飛騨川
木曽川
長良川
揖斐川
(名古屋)
宮
(熱田)
桑名
四日市
水口
亀山
岡崎
吉田
(豊橋)
浜松
奈良
山田

意外に便利だった中山道

京・大坂から江戸に向かうには、五街道でも東海道と中山道があります。

参勤交代では主に東海道が使われましたが、中山道も利用されています。東海道のほうが短くて平坦なのに、なぜわざわざ中山道を通ったのか疑問をもつ方もいるでしょう。

これは理由がはっきりしています。東海道は海に近いところを通っています。だから桑名と熱田《あつた》、新居《あらい》と舞坂《まいさか》間は船で海上を渡らなくてはいけません。大井川など大きな川も何か所か越えなくてはなりません。軍事上の理由で大きな川に橋を架けることは幕府が禁じていましたから、船や川渡し人足に背負われて渡ったのですが、雨が降って増水するとたちまち川留めです。

東海道は海沿いですから、川幅が広く水量が多い。いったん増水したら水が引くまでは渡れません。しかも下流に行けば行くほど、増水はなかなか収まらない。五日や十日の川留めも起こりうるのです。もちろん中山道にも川はあるのですが、ほとんどが上流域ですから橋も架かっていましたし、増水しても川留めの心配はまずありません。大きな川といえば戸田《とだ》の渡しの荒川くらいです。

大名行列でもっとも経費がかかるのは人足の費用や宿泊費です。したがって日程が読めるという意味では、中山道が有利だったんです。

これは一般の旅人も同じです。ずっと山間《やまあい》ですから千メートル級の尾根をアップダウンするような、それなりに険しい場所もあるものの、川留めの心配がなかったので、庶民が好んで利用する街道でした。

『一路』を書くにあたって、自分で中山道を歩いてみましたが、感心したのは妻籠《つまご》宿、奈《な》良《ら》井《い》宿といった木曽路ですね。世界遺産に登録されなければおかしいと思うくらい、よく宿場を保存、復元しています。

すっかり様変わりした東海道に比較すると、中山道は街道や宿場町がよく保存されてきました。これは時代に取り残されたからでもありました。

江戸時代には中山道の利用者も多かったのですが、明治に入ると整備された東海道に人が流れて、すっかりさびれてしまいました。もちろん鉄道も道路も東海道のほうが先ですね。しかし皮肉なことに発展から取り残された中山道は、取り壊されることもなく古いまま残りました。

江戸時代からの宿場町の建物が耐用限界に達したころ、取り壊そうかという話も出たようですが、ことに高度経済成長期以降、積極的に維持、保存しようということになったのです。

およそ二百五十年間、大名行列は古色蒼然とした形で繰り返されてきました。先述の通り、徳川幕府の二百六十年間、外国と戦争をしていません。おそらく人類史の中で、戦争をしなかった期間の最長記録でしょう。それを保持する国家が日本です。

私はこの平和な時代に学ぶ姿勢が、今も必要だと思いますね。

平和が続いたのにはさまざまな仕組みがあるはずです。徳川幕府の権力の強さ、そして世の中をコントロールする巧みさ、いろいろなものが組み合わさった上での平和でした。

なぜ甲州街道ではなく中山道なのか

中山道で上方から江戸に向かうとき、木曽路を越えると諏訪平《すわだいら》に入ります。諏訪湖のほとりに諏訪大社がありますね。大変に古い神社でして、諏訪湖を囲むように上社本宮・前宮、下社春宮・秋宮の四つのお宮が鎮座する変わった形式です。

下社の門前町として発展した下諏訪《しもすわ》宿で、中山道は甲州街道と分かれて、難所の和田峠へと向かいます。和田峠を越えて佐久《さく》盆地に入り、軽井沢から高崎、大宮、板橋へとつながっているのが中山道です。

この下諏訪宿は、甲州街道の起点でもあります。現在の国道二十号線ですね。東京の新宿（江戸時代は内藤新宿）につながっています。中山道を行くよりは、どう考えてもこの甲州街道を歩いたほうが近いし、地理的にも自然な感じがします。

ところが参勤交代に甲州街道を使っていたのは高遠《たかとお》藩、高島《たかしま》藩、飯田《いいだ》藩の三家だけです。一方、中山道はおよそ三十家の大名行列が通っていました。

やや余談ですが、藩という言い方が一般的になったのは、明治の廃藩置県からで、江戸時代にはほとんど使われていません。○○家という言い方でした。

藩というのは領地の名前、地名です。領地として一藩を与えられるのは、一人の大名、すなわちひとつの家だけです。だから藩＝家と考えてもらって結構ですが、たとえば高遠藩は二百六十年間に保科《ほしな》家、鳥居《とりい》家、内藤家と入れ替わっていますし、飯田藩も小笠原《おがさわら》家、脇坂《わきざか》家、堀《ほり》家と替わっています。

だから、お大名の名称としては○○家という言い方が正しい。加賀前田藩ではありませんよ。加賀前田家、あるいは加賀藩前田家です。

話を戻して、なぜ甲州街道を使わなかったのか。

中山道に比べて、格別に険しいわけでもなさそうです。ただ、宿場や道路状況といったインフラは中山道のほうが整っていたようです。

甲府には金山がありましたし、江戸時代を通じて幕府の直轄領、天領だった期間も長い。もしかすると軍事上の意味で、通行を増やさないような深慮遠謀があったのではないか、というのが私の想像です。

防衛体制として、江戸城が攻められたら半蔵門から脱出して、八王子から笹子峠を越えて甲府に逃げる。徳川家康はとても用心深い性格なので、こういうことまで考えていたんでしょう。

「野戦の名人」と評価されますが、これは合理的な人物だったがゆえ。退却がうまいんです。どんなケースでも逃げることを想定していました。

江戸城の裏手が半蔵門です。今も東京の道路が、複雑で錯綜《さくそう》しているのは、基本的に江戸の街並みをなぞっているからですね。悪く言えばぐちゃぐちゃです。

ところが半蔵門を出ると、甲州街道は四谷を通って新宿まで一直線なんです。これには作為的に逃げ道として作られたとする説があって、説得力があります。四谷までの道の両側は警護の役目をもった旗本屋敷でびっしりと埋まっていました。今の番町《ばんちょう》という地名はそこから来ています。

万が一、江戸城が攻められて危うくなったら、甲州街道を一目散に逃げて甲府城に立てこもるというのが、逃走プランだったのではないか。だから東海道や中山道のようには、あまり人を通すべきではない、交通量を多くすべきではないという考えがあったのではないかと思います。

甲州街道が通っている多摩の一帯は、天領として「自分たちは将軍様のお百姓である」というプライドをもった地域でした。将軍が江戸城を脱出するようなことがあれば、命がけでお護りしようという気概が醸成されていたことでしょう。これが、幕末に新選組の近藤勇や土方歳三を生み出した土壌になったわけです。

一六九一年、五代将軍・徳川綱吉の時代に、高遠藩に内藤家がお殿様になって入ります。今の新宿御苑は内藤家の下屋敷でした。甲州街道でやってくると江戸に入ってすぐに下屋敷があったことになりますが、三万三千石の高遠藩内藤家にしてはかなり広大です。

それについては、こんな言い伝えもあります。家康が内藤家のご先祖と鷹狩りに行ったとき、座輿でこう言った。

「お前、馬が達者らしいな。その馬でちょっと早駆してみろ。四半刻以内に回ってきたところをお前の屋敷にしてやろう」

内藤家の先祖はせっせと馬を追って、広大な敷地を手に入れたというわけです。でも、どうも後から作った話のような気がしますね。

ともあれなぜ三家しか甲州街道を使っていなかったのか、今も私は研究中でして、はっきりとした結論は出ていません。

「お国入り」の意味

参勤交代の効用にはいろいろありましたが、もっとも大きかったのは江戸が日本の中心地になったということでしょう。何百、何千という家来も一緒に街道を往還して、江戸の文物をそれぞれの領国にもたらしたわけですから。

徳川幕府は中央集権体制の強化を目的としたわけですが、江戸が政治の中心であるとともに、文化の中心になっていったのは参勤交代の副次的な効果でした。

参勤交代は、原則としてお殿様はすべて、一年在国、一年江戸という暮らしを続けます。したがって全国の半分のお殿様が江戸にいるということになります。

なおかつ幕府に刃向かわないための人質制度という意味があったので、正室と嫡男、つまり跡取りの子供は江戸屋敷にずっと置いておく義務がありました。

したがってお殿様は江戸屋敷に本妻を置いて、国元に側室を置いていました。これは揉め事がなくていいですね。という冗談はさておいて、この制度によってほとんど日本中のお殿様が江戸っ子になりました。国元で生まれたのは側室の子供ということになりますが、嫡子とするなら江戸の藩邸に住まわせなくてはならなかったのです。

「てんてん手鞠《てまり》、てん手鞠」で始まる童謡をご存じですよね。『鞠と殿さま』という西條《さいじょう》八十《やそ》の作詞だそうですが、この中で「紀州の殿さまお国入り」と歌われます。

イメージだけで考えると、「紀州の殿様が参勤交代で江戸に来たのか」とか「徳川吉宗が急に将軍に指名されたので、江戸に来たのだろう」などと思い浮かべるのですが、違いますね。江戸で生まれ育った紀州の若殿様が、代替わりして藩主になったので、初めての参勤交代で紀州和歌山《わかやま》の地を踏む、というシーンなのです。

お国入りは、前藩主が隠居したり亡くなったりして、家督を継いでから行われるわけですから、ある程度の年齢になってからのことだったのですね。だからお殿様にとっては江戸こそ故郷で、自分の領国はピンとこなかったのではないかと思います。

明治維新の後、廃藩置県によって藩主は不要になったのだから、旧大名は東京に住みなさいということになります。この新政府の方針に、お殿様は抵抗することもなく従います。お殿様たちにしてみれば、自分の領国で暮らしているよりも、生まれ育った江戸のほうが住みやすい、東京に帰れるならそれでいいですよというのがおそらく本心だったのではないでしょうか。誰も文句を言わなかったのですから。

東京と大阪の文化土壌が違う理由

お殿様が一年おきに江戸にいるということは、大勢の家来が江戸に常駐していることになります。もちろん旗本や御家人もいますし、江戸という町はお侍だらけでした。一説によると総人口の五割が武士とその家族、妻子たちだったと言われているくらいです。

一方、大坂（大阪）には実は大名がいません。もともと幕府の直轄地で、大坂城代という役職が置かれていて、その部下の役人がいるだけでした。お侍が非常に少ない町だったのです。

武士の比率が日本一高い江戸と、日本一低い大坂。これが今も東京と大阪のわかりやすい違いになっています。

大阪から見ると、東京の人間は見栄っ張りで気取っているということになりますが、お侍が半分もいるわけですから、見栄っ張りな町になるのも当たり前ですよね。大阪がまるで気兼ねのない庶民的な雰囲気なのも、ほとんどが町人だったからでしょう。

かく言う私は東京生まれ、東京育ち。中野に住んでいた子供のころは、新宿のデパートにちょっと買い物に行くというときは、よそいきを着ていきました。父親はネクタイをして、母親は着物を着てという感じで。

そんな空気の中で育ったものですから、初めて大阪に出張したとき、梅田駅に降りて、「なんでみんな普段着で歩いているんだろう」とびっくりしました。トレーニングウェアで歩いている人の印象が強烈でしたが、あれが大阪のよさなんでしょうね。

参勤交代の効用をまとめますと、先述したように政治的にも文化的にも江戸の中心化が進んだことが挙げられます。

そして安全保障体制の確立ですね。半分の大名が江戸にいる。しかも人質がいる。だからこれは謀反の起こしようがない。しかも参勤交代のための大名行列に、非常にお金がかかって軍備費を捻出しようがない。藩の収入の五％が参勤交代にかかったと言われていますから、これは大変な出費です。

今の日本の歳入ベースが九十二兆円だそうですから、五％といえば約四兆六千億円、ほぼ防衛関係費の金額に匹敵します。幕府はそれだけの支出を強いていたわけですから、各藩は軍事費に回すお金がなくなります。

そして交通網の整備です。東海道も中山道も昔から道はありました。原形はあったのですが、参勤交代制度ができたことによって整備が進んで充実していきました。

さらに地域の発展、雇用促進に明らかに寄与しています。大名行列をしながら莫大なお金を使っていたわけですから、宿場町など街道沿いは大いに潤いました。今、私たちが利用している新幹線などの鉄道や、国道、高速道路はほとんど旧街道沿いに作られています。

私が中山道を歩いたときも、ほとんどずっと線路が隣を走っていました。歩き疲れたら鉄道に乗って、降りたいところで降りて、また歩くということができるのです。今の世の中にあっても、われわれは大名行列の延長線上に生活しているのだなと思いました。

参勤交代をやめたら経済活動が大停滞した

一八五三年、ペリーが来航しました。外国の軍艦がやってきて「言うことを聞かなければ戦争だぞ」と、強面《こわもて》で迫ったわけです。

見たこともないような大型船が、蒸気機関を搭載して煙を吐いてやってきたわけですから、日本中が仰天します。二百年以上も前、幕府は武家諸法度で大型船の建造を禁じ、各藩はそれを守ってきましたから、国内には黒船に対抗しうる大型船はありません。

国の一大事ということになって幕末を迎えるわけですが、ここに至って二百五十年にわたって繰り返されてきた大名行列、参勤交代の制度が見直されることになりました。

言い出しっぺは越前《えちぜん》のお殿様、松平春嶽《しゅんがく》です。開明的、合理的な考え方のできる人物で、幕末四賢侯の一人と謳われています。

その彼が「祖法を枉《ま》げずと言って、昔の決まりを墨守するのはおかしいのではないか」と言い出すのです。「祖法を枉げず」と踏ん張ったところでこうも状況が変わるのだから、古いしきたりを守っているだけではダメだろうと言い始めたのです。「いくらなんでも黒船が来る時代に参勤交代はないだろう」という意味のことを述べています。

その提案を受けたのが、将軍の政治後見役をしていた一橋慶喜でした。後に最後の将軍となって大政奉還をする人で、気が弱いところはあるけれども頭はいい。その彼はこんなことを言っています。

「大名からの不平不満は、いずれ大名たちが幕府に従わなくなる可能性があることを示している。向こうからやめるくらいなら、こちらからやめてしまおう」

これが現実主義者である慶喜の考え方でした。彼も春嶽とは違った意味で合理的なんですね。ボイコットされても大名たちに強制する力はもはや幕府にはありません。そうなるとかえって威信にかかわるから、こちらから廃止してしまったほうがずっといい、ということで江戸時代を通じて続いてきた参勤交代は、まず大幅に緩和され、ついには廃止されます。

ところが、この参勤交代の廃止には思いもかけぬ弊害がありました。

大名は経済的に楽になって喜びましたが、いきなりお金を使わなくなったものだから、経済が停滞したのです。

大名行列は、大名の家来だけでやっているわけではありません。中間や荷担ぎといった人々を大量に雇っていたのです。そういった奉公人たちの仕事が一斉になくなってしまいました。さらに大名が江戸屋敷と国元の二重生活をしなくていいのなら、江戸屋敷詰めの家臣もいらないのではないか、両方に置く必要がないのだから、となって低位の侍たちはリストラされてしまいます。

こうして大失業時代が来てしまいました。その結果、失業した人たちが江戸で遊民化してしまう。道中の宿場が荒廃してしまう。社会経済が思いがけずバラバラに崩壊してしまったんですね。

いつまでも「祖法を枉げず」ではやっていけないというのは、理屈としては正しいのですが、祖法に従ってきた時間が長ければ長いほど、築かれた社会は祖法を原則として出来上がっているわけです。だから、やめた場合にどんな影響があって、どこで何が起こるかがわからない。怖いことですが、現代にも言えるでしょう。

　参勤交代の廃止は、徳川幕府にとっては致命傷になりました。幕府の求心力だけでなく、江戸の経済が崩壊してしまったのです。

ピラミッド型組織は近代の産物

　現代人はピラミッド型の組織の中で人生を送っています。

　頂点がひとつあって、階層とともに枝が広がるように部門が分かれた組織が一般的です。小説家はちょっと外れていますが、会社勤めや役所勤めでは、ピラミッド型組織が当たり前のように思われているかもしれません。

　ところがこのピラミッド型の組織、それほどの歴史はありません。おそらく起源は十八世紀、ナポレオン・ボナパルトの時代でしょう。どうすれば強い軍隊を作れるかと考えた結果が、ピラミッド型組織だったのです。

　一人の人間が声をかけて指揮できるのは、理想的には三〜四人、せいぜい五人が限度です。だから三〜五人のグループの長を、三〜五人集めてこれを指揮する人間を一人立てる。

それを繰り返して積み上げていったのがピラミッド型の組織でした。指揮命令系統が明確で、最強の軍隊がこの形で完成したのです。

今の自衛隊でも、最小の単位として班があり、小隊、中隊、大隊、連隊、師団といった単位で編制されていますし、会社組織も同様ですね。ピラミッド型組織は、軍隊に起源をもち、役所や会社にも応用されたのです。

では江戸時代の組織がどうだったかというと、これはまったく違います。

幕府の最高指導者は征夷大将軍ですが、これは象徴的存在でした。徳川幕府の十五人の将軍のうち、政治家としてきちんと仕事をしたのは家康、秀忠、吉宗ぐらいのものです。体の弱い不健康な人が多かったこともあって、多くの将軍は権威の象徴でした。

では、実務を行っていたのは誰かといえば、老中と若年寄のツートップです。

どちらの役職も大名が就きますが、原則として老中は三万石以上、若年寄は一万石以上の譜代大名であることが条件でした。

ツートップはそれぞれ定数が五人ほどで、月番交代制で勤務します。ある人が一月を担当したら、二月は別の人が仕事をする。順番が回ってきたら寝る間もなく仕事をしますが、翌月になると休みです。そもそも一週間という概念はありません。

江戸時代の役人は、ほとんどがこの月番交代でした。このツートップの下にいろいろなお奉行様がいたわけですが、すべてダブルキャストで複数いるんです。

わかりやすいのが町奉行です。ご存じ大岡越前守忠相《おおおかえちぜんのかみただすけ》は南町奉行でしたが、町奉行にはもう一人、北町奉行がいました。現在の感覚では、江戸の町を南北で分けた所轄だと思うでしょうが、違います。北町奉行所と南町奉行所で月番交代制だったのです。

北町奉行所は今の東京駅八重洲《やえす》北口のあたり、南町奉行所は有楽町駅のあたりにありました。ある月、北町奉行所が開いていたとしても、翌月に行くと閉まっています。その場合は南町奉行所へ行かなくてはいけません。

もし「番頭が売り上げを持ち逃げした」という事件を北町奉行所に届け出ても、翌月は休みで閉まっています。南町奉行所に行っても、あくまでも受け付けたのは北町奉行所ですから、事案は引き継がれていません。ピラミッド型の組織ではなく、細い柱が何本も立っているような縦割り型の組織だったのです。

効率がいいとは言えませんが、それでも江戸時代はずっとこれでやってきたわけです。というのも、現代の感覚とまったく違って、徹底的に前例を踏襲することがよしとされてきたのです。武士たるもの、もっとも大切にすべきことは「父祖代々の勤め」です。自分の分限をわきまえて、過ぎたるも及ばざるも、罪だと考えられていたからでした。

踏襲だけが目的化してしまった

二百五十年ほどこの仕組みでやってくるとどうなるでしょう。

屋根の上に屋根を重ねるような話になるのは明らかです。「こんなことを担当する奉行もいたほうがいいんじゃないか」とポストを増やすことはあっても、「必要ないんじゃないか」と削減することは難しい。そこで働いている人も大勢いるという既成事実があるし、利権も生まれます。行政改革は江戸の昔から、簡単には進まなかったのです。

機構がどんどん複雑になっていって、月番交代の老中、若年寄が懸命に仕事をしても追いつかなくなります。行き着くところは制度疲労です。

しかも財政状況も悪化の一途をたどりました。そもそも徳川幕府は全国の三百諸侯、大名から税金だの上納金だのを取っていたわけではありません。

徳川幕府の財政はどうなっていたのかというと、幕府の直轄地、天領からの年貢でまかなわれていたのです。最大の大名が加賀百万石の前田家ですが、徳川家はその四倍、四百万石あったと言われます。また河川改修や街道の整備といった事業は、折々でどこかの藩に命じて当たらせました。

江戸時代を通じて、経済活動の基盤はずっと同じで、お米中心の石高制でしたから、人口が増え経済活動が活発になると、物価が上がって幕府のお蔵の中はどんどん厳しい状態になっていきました。貨幣経済に移行しなければいけなかったのですが、昔ながらの石高制をあらためることはできなかったのです。

財政的にも青息吐息になったところに、ペリーが現れました。

経済問題と外交、国家の安全保障問題が一度にやってきて、旧来の仕組みではどうにもならないと広く認識され、やがて明治維新がやってきます。

幕府もさることながら、大名も旗本も二百数十年も前例の踏襲を続けてくると、古くから伝わる習慣は、意味も由来もわからなくなります。いったいその習慣が何のためにあるのか、どんな理由や価値があるのかが忘れ去られて、「古いしきたり」というだけで大切にされ、踏襲することだけが目的化してしまう。

大切なものが消え、どうでもよいような末節ばかりが残っていることも少なからずあったはずです。

江戸時代を学ぶ意味は二つあります。ひとつは現代につながる考え方や社会のありようを知ること。そしてもうひとつが、平和な時代が続けられなくなった理由について考えることです。

すなわち、それは国家と国民の運命を知ることなのです。

あとがき——書くことと語ること

本書は私の講演録である。

いくつかのテーマにそって全国各地で行われた講演を収録し、活字で通読できるように編集していただいた。

あえて「講演録」と銘打たなかった理由は、やはり声ではなく文字として読んでいただきたかったからである。

職業がら文章を書くにあたっては相応の遠慮があるが、語るとなればあんがい自由きままなので、内容はたいそうわかりやすい。また、小説の中ではあれこれ書き加えられぬ説明も、恥ずかしいくらい露骨に記されている。

したがって本音は、小説の読者の方々にとっては著者自身の作品解題であり、未読の方にとってはガイド・ブックにもなりうるはずである。

しかし、なかなかに困難な作業であった。書くことと語ることの間には、大きな懸隔があるからである。著者校正にも手間どったが、いくつもの講演のテープ起こしをし、雑談や重複する部分を削り落として原稿にするという編集過程は、考えただけでも気が遠くなった。

書こうが語ろうが、読者にとっては同じ私の文章なのである。そう思えば無謀な企みであったかもしれぬ。

小説家には世代にかかわらず、饒舌な人と寡黙な人がある。それも、かなり極端に二分されるように思う。

つまり、もともとおしゃべりであった人が語るがごとく小説を書くようになったケースと、そもそも無口な人が語るかわりに文章を書き始めたケース、ということになろうか。

しかし、ふしぎなことに作品からそれらの性格を類推することはできない。恬淡として物静かな小説を書く作家があんがい前者であったり、あるいはダイナミックなストーリーテリングや華やかな文章の持ち主が、意外に地味な人物であったりする。

小説家の領分に含まれる講演会は、よって誰もが引き受けるわけではない。おのが仕事としてなすかなさざるかは、執筆のスケジュールや個人の経済学とはもっぱら関係なく、それぞれの性格によるのである。

かくいう私は、眠っているか読み書きをしている以外の時間はたいがいしゃべっているので、講演はまったく苦にならない。

しかし、だからといって何百人もの聴衆の前で語り続ける講演会が、簡単であろうはずはない。

図書館や書店が主催する講演会ならば、少なからずが私の作品の読者か、さもなくば読書好きの方であろうから、作品解題や読書にまつわるあれこれを主題とする。

一方、学校や企業、各種団体に招かれるとなると、作品はさておき一般的な話材を提供しなければならない。これは難しい。中学生と大学生では語彙が異なるし、企業や団体ならば単語や表現で禁忌を踏まぬよう、配慮しつつ語り続ける必要がある。

だが、場を選ぶべきではない。読者の年齢や立場にかかわらず、等しい理解を得ることのできる表現は、小説を書くうえで最も大切だからである。

思うに、「わかりやすく書く」ことを信条とした谷崎潤一郎は、きっと講演もみごとであったろう。あるいは、天性の名文家である芥川龍之介も、すばらしい語り手であったはずである。不遜にもそのような想像をめぐらせながら、いつのころからか孤独な段上が、孤独な書斎とどこも変わらぬように思えてきた。

講演会は物語の普遍性を鍛錬する場所でもある。

科学の発達がめざましく、かつめまぐるしい現代を、私はあまり小説の舞台にはしない。たとえば、誰もが電話機を持ち歩いているという事実だけでも、物語の重要な要素である「すれちがい」は「悪意」に姿を変えるからである。また、科学が加速度的に進歩するので、小説の中で使用した小道具や単語が、たちまち時代おくれとなってしまう危惧もある。

そこで、近世と近代を舞台とした、ここ百五十年間のどこかしらを書き続けているうちに、人間と社会の本質的な変容に気付いた。

昔の人は個の利益よりも衆の利益を優先し、現在よりも未来を大切に考えていた。時代が下るほどにそうした理念は失われて、人はより刹那主義と個人主義の中に幸福を見出だすようになった。

そのあたりの変容を承知していなければ、広義での時代小説は書けない。史料に出現する事実や出来事はすべて、現代の良識で判断してはならず、当時の人々の視点で見つめ直さねばならない。

科学は経験の累積によって確実に進歩をとげるが、人類が科学とともに進化していると考えるのは重大な錯誤である。人間は時代とともに進歩ではなく変容し、あるいは退行しているのだという謙虚な認識をもたなければ、時代小説どころかほんの一昔前の舞台すらも、正しく描くことはできない。

たとえば、戦争というものなどは、その重大な錯誤と認識の不足のせいでくり返されると思われる。

私が講演で語り続けていること、すなわち本書に述べたことは概ね、そうした歴史観に基づいている。

思うさま語った言葉を昇天させずに、書物にとどめたいと考えた理由である。

困難を極めた上梓にあたり、ひとかたならぬ努力をして下さった幻冬舎の森下康樹氏、壺井円氏、大野里枝子氏、また多くの聴衆のみなさまに対し、ささやかな跋文に添えて感謝を申し上げる。

平成二十六年十二月

浅田次郎

本書は、講演録を再構成し加筆・修正したものです。
JASRAC 出 1415658-401

ブックデザイン
鈴木成一デザイン室

写真・地図

P10　横浜開港資料館所蔵
P19　共同通信社提供
P23　長崎大学附属図書館所蔵
P40　共同通信社提供
P46　共同通信社提供
P49　共同通信社提供
P53　共同通信社提供
P63　共同通信社提供
P82、83　『終わらざる夏』(著者／集英社文庫)より
P102　「氷雪の門」上映委員会提供
P109　『科挙』(宮崎市定著／中央公論社)より
P116　共同通信社提供
P121　共同通信社提供
P146　共同通信社提供
P171　共同通信社提供
P179　共同通信社提供
P183　共同通信社提供
P202、203　『一路』(著者／中央公論新社)より

浅田次郎　あさだ・じろう

一九五一年東京都生まれ。九五年『地下鉄《メトロ》に乗って』で吉川英治文学新人賞、九七年『鉄道員《ぽっぽや》』で直木賞、二〇〇〇年『壬生義士伝』で柴田錬三郎賞、〇六年『お腹召しませ』で中央公論文芸賞と司馬遼太郎賞、〇八年『中原の虹』で吉川英治文学賞、一〇年『終わらざる夏』で毎日出版文化賞を、それぞれ受賞。著書に〈天切り松　闇がたり〉シリーズや『プリズンホテル』『蒼穹の昴』『ハッピー・リタイアメント』『一刀斎夢録』『一路』『黒書院の六兵衛』『神坐す山の物語』など多数。

日本の「運命」について語ろう

二〇一五年一月二十日　第一刷発行

著者　浅田次郎

発行者　見城徹

発行所　株式会社　幻冬舎

〒一五一-〇〇五一　東京都渋谷区千駄ヶ谷四-九-七

電話　〇三-五四一一-六二一一（編集）

〇三-五四一一-六二二二（営業）

振替　〇〇一二〇-八-七六七六四三

印刷・製本所　中央精版印刷株式会社

検印廃止

ISBN978-4-344-02712-1 C0095

幻冬舎ホームページアドレス http://www.gentosha.co.jp/

この本に関するご意見・ご感想をメールでお寄せいただく場合は、comment@gentosha.co.jp まで。